清 歌

项 静 著

山东画报出版社

图书在版编目（CIP）数据

清歌 / 项静著. -- 济南: 山东画报出版社, 2021.8
ISBN 978-7-5474-3921-0

Ⅰ.①清… Ⅱ.①项… Ⅲ.①短篇小说 - 小说集 - 中国 - 当代 Ⅳ.①I247.7

中国版本图书馆CIP数据核字(2021)第115562号

"上海书写工作室"暨2021年上海高校高层次文化艺术人才工作室资助项目

QING GE
清歌
项静　著

责任编辑	刘　丛
封面设计	郑元柏

出 版 人	李文波
主管单位	山东出版传媒股份有限公司
出版发行	山东画报出版社
	社　　址　济南市市中区英雄山路189号B座　邮编 250002
	电　　话　总编室（0531）82098472
	市场部（0531）82098479　82098476（传真）
	网　　址　http://www.hbcbs.com.cn
	电子信箱　hbcb@sdpress.com.cn
印　　刷	山东临沂新华印刷物流集团有限责任公司
规　　格	140毫米×203毫米　1/32
	7.75印张　120千字
版　　次	2021年8月第1版
印　　次	2021年8月第1次印刷
书　　号	ISBN 978-7-5474-3921-0
定　　价	56.00元

如有印装质量问题，请与出版社总编室联系更换。
建议图书分类：小说。

目 录

清歌　1

壮游　37

宇宙人　63

本地英雄　97

三友记　127

见字如面　157

地平线　185

人间粮食　217

后记　237

清歌

清 歌

所有的街巷里，石阶上，运河上，
都沉睡着一种绝望的忧伤，
想要向人诉说过去的时光。

—— 赫尔曼·黑塞

天空露出青灰色的光亮，透过玻璃模模糊糊看得清窗前石榴树蜷曲的轮廓。小孩子一骨碌爬起来，边披衣服边跳下床，去看仙女腊八姐。无论天气多么冷，绝不能有任何迟疑，否则就会错过腊八姐。一只脚踩在鞋上，另一只脚来不及穿鞋，一口气拉开走扇发紧的门，心里像敲鼓一样，急促紧密不敢停顿。如果提一下鞋或者扣好扣子，腊八姐转眼就不见了。神秘而性子急的腊八姐端坐在冬天清晨光秃秃的树杈上，"红棉袄绿裤子，腰里别着个大肚子"，一定是扎眼的。

一年又一年，孩子们无论多么努力迅捷，一次一次提高速度，都没看到过奶奶念叨的腊八姐。爸爸说说瞎话鼻子会长长，奶奶说有腊八姐，妈妈说糖里有虫子，都是大人骗小孩的游戏。他们乐此不疲。仙女的审美蒙住了傅村裁缝的眼睛，几乎所有女孩子冬天都是红棉袄绿裤子。女孩子的衣服穿小了，留给下边的弟弟妹妹，赶上谁是谁，来不及区分男女，一群孩子在场院里进进出出，都是土得掉渣的腊八姐装束。上了小学就不一样了，男女上不同的厕所，唱歌要分男声女声。家长们说，上了小学就讲文明了，要天天洗脸刷牙，不打人不骂人，见人要打招呼。那些骗小孩的话再也没人听了，傅村小学是他们走进文明世界的第一步。

一

学校有两个老师，他们是文明的灯塔，一男一女。女老师是大队书记梁汉民的女儿，是代课老师，工资由村里发放；男老师是学区分配过来的，是民办老师，拿财政工资。

女老师是本村人，村里人几乎见过她儿童时代的每一天，头发干草一样纷乱，坐在门前台阶上啃干馒头，袖着手去小学校，用力抽一下鼻子，她跑开的姿势像扇动翅膀的蝴蝶。抽条儿生长的时候村里人一晃神就错过了，好像热气腾腾出锅的馒头，一下子端上来了。梁莹一年四季都修着利落的短头发，夏天穿黑色波点的衬衫，戴一块上海牌的手表，表盘铂金色的镶边，在阳光下特别扎眼，靠近她能听到像心跳一样的秒针声。她做老师板正严厉，右手插在裤兜里，走路迈大步，像个军人。她穿过教室，没有人敢迎着她的眼神，学生都惧怕她手里那支竹料的教竿，随时会啪的一声落在腰背上。家长们却有些看轻她，初中毕业来教小学，家长们当她是看孩子的老师，直呼她的名字。梁莹教一年级，语文和数学一勺烩，她基本应付得来。她还负责打钟点，核一下手表上的数字，整点时刻拽拉钟下面垂吊的绳子，发出急躁的叮叮当当声，学生们就飞奔出教室去院子里撒个欢。

男老师姓刘，几乎没人知道他的全名，中等体量，微胖身材，头发自然鬈，在头顶上蓬松着，拉长了他的身高。他温和爱笑，笑容里有一种腼腆，只要他露出笑容，后半段一定是低下头去。他很有礼貌，第一天来教书，是骑自行车来的，一到村口就从自行车上下来，看到早起的

清 歌

老人喊一声大爷大娘，说他是学校新来的老师，姓刘。老人家指着红色砖墙说，往前走。他推着车子往前走，有人问他找谁，他再重复一遍自我介绍，那人说，往前走两步就是了。此后成为惯例，刘老师进村必先下了车，推着自行车往前走，随时停下脚步聊两句，大人们都说刘老师文明谦和。刘老师夏天穿白色的确良短袖衬衫，里面套尼龙小背心，透得出清晰的形状。春秋天穿灰色外套，冬天外面套着军大衣，有时候也换洗一身毛领的蓝色棉猴。村里人恭恭敬敬地称呼他刘老师，刘老师像钻进羊群里的一只威风凛凛的猎狗，每只羊都好奇地盘过头看着它。刘老师教三年级，语文、数学、自然、地理、毛笔字、品德，没有课程表，他到教室里来，说上什么课，学生们就扒翻出相应的课本，全凭他的意愿，他感觉自己是一只自由的猎狗。

梁莹午饭回家吃。第一天上课梁莹跟他说，刘老师去家里一起吃啊？刘老师说不用，我有准备。梁莹翻翻写好的教案，整理了一下办公桌上散落的钢笔、书签，舒了一口气似的把两本教师用书竖起来，咚的一声平齐搭在一起。衣裾擦过门边，脚步在地板上拖动，咔嗒一声荡回来的风门，剩下刘老师一个人，好像终于结束的一首协奏曲。他先放空瘫坐了几分钟，稍后打起精神，给半熄的炉火填上新炭块，拆开备好的锅碗瓢盆，用毛巾一一擦拭，把白铝饭盒放在蒸笼上等待锅里的水煮沸。他关上门，仔细地吃饭，整个中午两个小时，只有他一个人，他咬一口馒头，夹一口菜，一点都不剩，饭后烫洗了饭盒，摊开晒在南面阳台上。

春夏秋冬，他们熟悉了一点。从春天开始，他们成了朋友。一男一女，一松一紧，一宽一严。两人一起上课的时候，办公室里空荡荡的，课间和吃饭的时候两个人笑语晏晏，有说不完的话，路过小学校的村民都能听得见。他们停下来听一番，听不明白，他们谈"左"和"右"的写法，同样都是一横一撇，写法却是两样，"左"字一撇写得小一些受看，"右"字的一撇需要长一些。写字的事儿能聊得如此开心，让人费解，有人踅进学校打个招呼，背着手到处看看。看到有人来，刘老师迎出来聊两句，梁莹低下头看书，写教案。

刘老师问："找我有事儿？"

来人答："没事儿，我就看看。"

刘老师说："看看呗，又不要钱。我去上课，您进来坐会儿？"

来人摆摆手走了，心里怅怅的，没有闹明白原委。

刘老师是村里一员，他属于每一个人，每一个人也属于他。冬季刘老师生炉子需要玉米棒，干燥易起火，学生们便轮流码得整整齐齐送过去，也有家长自作主张给老师担一挑去，刘老师客气推让一下，但都会收下，玉米棒不需要花钱，没什么好拒绝的。一家送，家家送，接了一家，就不好拒绝另一家。有学生读书的来送，他觉得收下没问题；没学生读书的，纯是对刘老师的敬意，他就留下来人聊两句，家长里短，刘老师也懂得，适时地回应两句，让人心顺口服。有人送来几瓶酒，刘老师严词推却，来人就说酒是自己酿造的，不值钱，况且自己不会喝酒，在家放着就是浪费。也有人送来几块肉，刘老师哭笑不得，追出去，人已经跑得没影了，他觉得有辱斯文。送得最多的是大白菜和玉米棒，学校的储物间都放不下了。刘老师在班上说，请同学们回家告诉家长，让家长们不要送东西来了，老师一切都够用。

中午下了暴雨，傍晚放晴，路上泥泞，刘老师没办法回家，梁莹家来了客人，梁莹的爸爸叫刘老师去陪客人。刘老师说自己不擅喝酒，梁莹说，不用喝酒，就坐着说说话。这也正常，常住在这里，难免要接受几次请客吃饭。去做客不能空手，刘老师就把酒和肉挑拣出来带上，有来有往。刘老师并不记得是谁家送的酒和肉，他大刺刺地提着送到梁莹家，心里感激送来酒肉的家长，不然他就要专门去买礼品。梁莹家请来陪客的并不只有刘老师，他们请了七八个人，人多喝酒才热闹，一圈下来一斤酒，主宾尽兴，喝酒划拳，此起彼伏，傅村的兄弟哥们就这样融为一体。

　　刘老师一进门，座上诸位都看到了他手中的酒和肉，送酒的人一眼就认出了自家的酒，送肉的人也猜出了是自家的肉。刘老师心里嘀咕了一下，随后就释然。他觉得他们应该理解，自己不可能大动干戈地在办公室烧鱼煮肉，也不好喝起小酒，况且礼品送了来就归自己支配，并无多大不当。觥筹交错间，人人都喝得醉醺醺的，刘老师推辞不下，勉强喝了几杯，呛辣的气流直插心肺，他感到周身泛起温热的暖流，世界轻微地晃动着。他们勾肩搭背地把刘老师送回办公室，梁莹跟过去帮忙，收拾停当，众人散去。他们说，刘老师平日斯文，喝醉了也是一个熊样儿。

饭后几日，刘老师渐渐品出一些异样来。人们对刘老师没那么热情了，他们看到刘老师依然打招呼，仅仅是说一句"刘老师，早啊"或者"刘老师，来了"，再无别话。刘老师只是觉得蹊跷，并不放在心上，没人到学校里来闲谈，他自然也不用应对，多了读书和做笔记的时间，当然也多了跟梁莹聊天的时间。他问梁莹自己是不是得罪了村里人，梁莹支支吾吾说不清楚，她是真说不清楚那些弯弯绕绕的心思。过了半年，日子寡淡无味，又到了秋收时节，梁莹天天回家，也不来搭伙吃饭。

刘老师问："家里有人给你做饭？"

梁莹说："没有，回家现做。"

刘老师问："我做的饭不好吃？"

梁莹不说话，低下头继续看书，写字。

中午，梁莹说不回家吃饭了。刘老师起身搜刮了下备用的食材，辣椒、丝瓜和咸肉，他说中午加三个菜。刘老师熟练地操持着勺子，颠起锅来也不手生。他垫上打开的旧报纸，四菜一汤。梁莹说，村里人觉得刘老师不懂人情，酒和肉吃不了扔了都不可惜，但不能转送他人。他们觉得梁莹也不对，一个未婚的姑娘，对刘老师要尊重，不能那么叽叽喳喳靠在一起说话。他们觉得梁莹爸爸也有不妥之处，为了几十块钱的工资，让一个未婚的姑娘整日跟一个单身男人在一起，不太像样子。

梁莹说："一群乡巴佬，多嘴多舌。"

刘老师说："不管他们。他们也是好心。"

梁莹说："我早晚要离开这里。"

二

1987年冬天，村里来了打井队，机器哐当哐当日夜不停，高瓦斯的夜灯亮彻半个村庄。打井队的男孩子们驻扎在小广场上，小广场离学校很近。冬天日短夜长，学校上两节晚自习，刘老师天尚光亮就起程回家，留下梁莹一个人看着。打井队上有一个姓袁的技术员，大家都叫他小袁，一米八的大个子，黑亮的脸庞，他经常拿杯子去学校续开水。梁莹备课的时候，他坐在旁边跟她攀谈，一来二去熟悉了。熟悉了之后他就给她讲故事，打井队有时候驻扎在荒郊野岭，半夜换班的时候，他出去解手，远远地看到一簇火光忽上忽下地跑，他好奇跟过去看看，追出去几百米，发现那团火也跑，他往后撤，那团火也跟回来。

小伙子心里发毛，但还是好奇，回去叫醒了几个伙伴，拿着手电筒一路追出去，越走越远，蹚过甲子屿的条形山谷，爬上陡峭的半山坡。眼前晨曦未明，气喘吁吁，听到前方村庄里的鸡鸣声，看到头顶上树梢飒飒晃动，扑扇着翅膀的云鹨，但那团火光遍寻不见。他们掉转方向，想看看出发的地方，却被眼前的黑色石碑惊了心神，是一个坟墓。他们把手电筒的光合力打在坟墓上，是一个年轻女孩的名字。早上返回营地，村里负责烧饭的大妈说，那个坟墓里是早些年一个大户的女儿，她喜欢上附近一家佃户的儿子，家里人不同意，那位小姐一绳子把自己吊死了。没有出嫁的闺女无法入祖坟，家里人就把她葬在荒郊里了。打井队的男孩子此后谁也不敢夜里单独出门，到野地里小便都排着队一起去，生怕被女鬼捉住。听完这个故事，梁莹吓得不敢回家，小袁就自告奋勇送她回家。

冬雷震震，却下了一场大雨，电闪雷鸣，巨响从天而降，打井队驻扎地附近的那棵百年老树被劈成两半，燃起熊熊大火。夜里被惊醒的村人，几乎都看到了一颗人头大的火球。有人说看到落在自己家电视机上，有人说明明是落在树杈上，还有人说是落在窗台上。广播响起，扩音器里传出书记的声音，村民们提着水桶，担着炉灰，奔到着火的地方。火并不大，一会就被扑灭了。惊魂未定的人们，围坐到打井队的帐篷里。神婆也来了，她转了几圈，说打井的架子高得过分，日夜不停，怕是扰了宁静，得罪了狐狸仙人、黄鼠狼大仙，冬雷震、夏雨雪都是不好的兆头啊。有人说神婆说得有道理，自古以来没出过这种事儿，必有什么妨碍，有人心里认为就是种迷信说法，却也不想说出来，大部分人觉得好险，差点出人命。

只有刘老师一个人置身事外，照旧上课。梁莹跟他讲了，刘老师并不惊慌，他画了一幅本地的气象图给梁莹看。甲子屿是东南一西北走向，是方圆百里地势最高的位置，低云系常年在这里积聚，积状云时间久了变成积雨云造成降雨，冬季此地多为西北风，偶尔还有东南风，进入谷内形成地形雨，一直斡旋到牛山之间。这一地带容易遭雷击，过去多有记载，一般都是夏季，冬季不多见，但1973年中央气象台发过一个天气公告，说自1972年以来，天气反常和气候异常的现象时有出现，不必大惊小怪。

清　歌

梁莹把气象图拿给当书记的爸爸看,他说虽然听不懂,但是心里亮堂了。他开了一个群众大会,郑重地告诉大家刘老师的科学解释,他说那些都是迷信,自己吓唬自己。梁莹把气象图拿到打井队上,男孩子们看了看,都佩服刘老师的博学和镇定,包括小袁,他们每个人都争着要去跟刘老师学画图这一手艺,不过喧闹过后,大家依然难掩对狐狸精、大仙们的惊恐之态。打井队停了三天,请示了上级领导,回复继续打井,钻机的声音复又响起。

小袁每天晚上都送梁莹回家,他不再讲鬼故事,讲的都是自己的故事。他家在城郊,有路灯,有商店,有一条大马路直通百货公司。他家附近有一片大湖,白鹭呼啦啦掠过水面,擦湿翅膀,又像受了惊吓一样迅速跃起,叫声被湖面稀释得尖细而清脆,湖无边无际,从前梁山泊的英雄们就经常在这个湖上飞来飞去,水性好得简直是浪里白条。男人们半年生活在湖上,半年回到陆地,每次返回的船板上都跳跃着翻出白肚皮的大鱼。他也讲自己的未来蓝图,再打两年井就可以承包机架自己包活了,等他攒够了钱,他可以买一艘大船,半年湖上半年陆地,湖上的世界清澈明亮,如果钱再多一点也可以直接搬到城里生活。梁莹其实并不相信他的话，梁莹的父母也不相信，但他们都愿意听他说话，他生活的地方跟傅村真不一样，他的话听起来有股新鲜劲儿，就像野外作业的鬼故事一样。更主要的是，小袁把梁莹当作最重要的人，在傅村他就围着她一个人转。

三个月以后，第一眼机井喷出清澈的地下水，打井队打包离开傅村。小袁寄来了第一封信，是一首诗：冬天从半空落到场院/冬天坐在我的对面/一张书桌的对面/我呵出白色的雾气/烘烘她的手指，温暖/她的距离，她的心/温暖她飘忽的注视/然后，随随便便地扯开自己/想象一次春的郊游/从冬天进入春天/有一座花坛为我绽开/花坛后面的四级台阶/有一片正午的光影/缓慢穿越瘦弱的校园/想象时间的后面阳光的前面/熟悉或陌生脸面的背后/想象自己随随便便地伸出手/影子落在对面的位子上。

此后每月三封信，总有一首诗，加上一些日常的汇报，像一幅流转的地图。梁莹跟着信知道了溪流、山谷、旱情、食物、牛羊马匹和瓜果蔬菜等远方的消息。小袁果然赚到了钱，承包了机井架。歇伏的时候，小袁领着父母来到傅村，带了一枚金戒指、一箱布匹和四箱水果。梁莹父母起初不同意，梁莹也犹豫，跨越一个县城，独自一个人去那么远的地方，一个没出过远门的女孩子，心里满是忐忑。梁莹觉得自己是一咬牙做了结婚的决定，离开他们，好像出于赌气，但又不知道具体对谁，可能是对整个傅村人赌气，其实谁都不知道。她办理完辞职手续，深居简出，就像在做一个出门远行时的漫长准备。梁莹跟小袁订了婚，第二年举行了简单的乡村婚礼，一辆绿色吉普车满载着嫁妆远去，在沿途的池塘边、致富桥和凤凰岭，撒下喜糖和几枚硬币。

学校只剩刘老师一个人。两间教室的学生合并成一间，左边是一年级，右边是三年级，来年变成左边二年级，右边四年级。村里孩子少，都是隔年招生。五年级去邻村的学校，那个学校校舍宽敞，设施比较齐全，老师、学生人数翻了十倍，还有一名勤劳的老校工，进进出出负责打点和做饭。

刘老师早上到学校后一个人点炉子生火，烧开一暖瓶水，其间到教室里巡查三次。在晨读的喧闹声中，他先做饭，再备好下一节课的内容。刘老师要求我们比他来得早，原因也说得过去，家长们也都觉得合情合理。以镇政府所在地为中心，东边被称为东乡里，西边是西乡里，刘老师家在西乡，一路爬坡，自行车速度慢，要半个小时才能到达。刘老师赶早七点半到学校，学生没理由起得比老师晚，每一次他到学校我们都以琅琅读书声欢迎他。定然有瞒和骗的艺术，刘老师没到学校，没有学生主动读书，就在院子里打闹，放一个学生守在门口望风，刘老师一进村，望风的学生马上大叫："老师来了。"众人撤回教室做读书状。刘老师体罚学生，他抓住过望风的学生，让他蹲着马步上课，罚全班学生的站，外加每个人打十板子手心。刘老师也骂学生，他说你们的脑袋里全是草。

家长们都不介意老师打骂孩子，鞭子不响学问不长。他们介意刘老师一个人，一个人一天到晚连个说话的人都没有，他们说，一个人只能跟自己的影子说话。最先注意到这事儿的是五十多岁的孙太太。孙太太是村里人给她取的绰号，她是地主的幺女，从小是当大家族的太太培养的，仪表姿态自有风范。她嫁给傅村唯一的知识分子，丈夫是本地中学校长，因公去世后得了一份抚恤金，儿子举家移居新疆，女儿在县政府做文员，她一个人赋闲在家。孙太太耳朵背，拿不准音量，一说话嗓门总是过高，仿佛在喊:"小刘老师,家来喝茶,酽着哩。"刘老师憋红了脸喊回去:"下课过去。"下课后,学生上自习课,刘老师就过去孙太太家喝茶。孙太太吸烟,刘老师不吸,他用手挥一挥烟气,孙太太摁灭了烟头。孙太太看电视剧,把音量调到最高,看完了到学校里兜个圈子。学生有时候正在上自习或上朗读课,她就跟刘老师在院子里聊天。聊天的内容非常乏味。

"午饭吃了吗?"

"吃了。"

"吃的啥?"

"黄瓜炒鸡蛋。"

"拿什么炒?"

……

立春,孙太太自作主张把家里的田旋花、圆叶风铃花、车轴草、月季、玫瑰挪到学校花坛里。她指挥刘老师在两个教室门前开辟出两个条形花园,四周砌上一排三角形砖头,呈锯齿状。她撒上了指甲花、蝎子草、鸡冠子花的种子。两个学生一组,轮流从她家里抬水来浇水,一周一次。夏天一到,花坛里满满鼓鼓,一副花园的样子,校园有点像花园了,更像孙太太家的花园。

春天,刘老师学着孙太太辟出校园东南角一块地种上茄子、南瓜、芸豆、丝瓜、黄瓜,各种一行。芸豆最先开花,其次是南瓜、茄子、丝瓜、黄瓜,每天一样不重复。自己吃不了,刘老师摘了分成几份,让学生带回家。上午最后一节课前刘老师洗菜、切菜,准备停当,下课后做饭炒菜,一饭一菜一汤,搪瓷碗盛好,一个人默默地吃。

村里人对刘老师多了些体恤,刘老师又成了"公共财产"。冬闲时节,他们都把学校当自己的家,没事就去转转。北方温度低,学生上课冻得手都伸不出来,一进十月,他们就去跟刘老师说,应该把窗户都打上暖墙。刘老师叹口气说是应该,往年这事都是刘老师一个人弄,他买一块大的油毡布,裁开来,拿摁钉一片片固定牢靠,天气一冷他有点怵干活。他们说,刘老师不用担心,我们来帮忙。开工那天,来了十几个人,他们推着独轮车,带来砖头、沙土和麦秸秆。就地挖一个泥坑,填进沙子、土,注进三桶水,拿铁铲搅和均匀,再把麦秸秆掺和进去。阴面的窗户拿砖头从窗台垒得严丝合缝,拿泥板抹上泥浆,一层层抹平；阳面的窗户留出三分之二的空，给自然光留出空隙。

教室密不透风，刘老师背着手左看右看，叹了口气。红砖黛瓦的教室抹上土黄色的暖墙，搭配差强人意，跟村里人们整齐划一的暖墙倒是找齐了。晚上，刘老师叫大家来喝酒，算是酬谢。有男有女，女的像孙太太是来凑人场的，还有两个妈妈是来做菜的，她们带着碗碟，蔬菜、肉和酒是刘老师备好的，螺蛳壳里做道场，整出十个碟子的菜，她们返家，留下男人们喝酒。刘老师酒量不大，象征性地喝一杯，他主要负责说话。拉拉扯扯谦让一番，他被迫坐在主位。一轮喝下来，男人们就听刘老师说话，他挨个点评了读书的十个孩子。家长喜欢听人夸奖自家孩子，刘老师说你家孩子认真，一个字写不好看，他自己写十遍，家长站起来敬一杯，说老师教育得好，他不敢对自己要求不严。刘老师说你家孩子脑袋瓜不是特别聪明，但也算不上笨，这种孩子只有勤奋一条道，家长听了不愉心，但觉得老师实在可靠不滑头。有了暖墙，教室里还是冷，读书没问题，写字却不行。家长们来跟刘老师商量怎么办，刘老师给出一个法子，晨读自习在教室，写字上课就到办公室。他们觉得跟刘老师喝酒吃饭，拉近了距离，也解决了问题，学校的事儿就是他们自家的事儿。

梁莹的办公桌撤到储物间，节省出来半间房，刘老师冬天不回家，把办公室隔成两部分，里间塞了一张床。北方风大，晚上回家早上赶来，遇上逆风，人被吹得五脏六腑都是凉风，时间也不赶趟。生起炉火，狭小的办公室烤得暖烘烘的，五个人围着办公桌坐下，旁边儿炉子上猪肉炖白菜咕嘟嘟响，学生们吞咽着口水，算着应用题，像私塾先生授课，也像孩子另一个家。让学生们胆怯的是老师手里的竹竿，在尺把远的地方显得更硬朗。有人看到竹竿说话就结巴，刘老师不允许在课堂上结巴的，他手里的竹竿就经常落到学生头上。刘老师说，我打你们就像打自家孩子，那时候学生们才知道他已经生了第一个女儿。男生挨了打缩一下脖子皱一下眉头，出了校门说说笑笑就过去了；女生会小声抽泣，刘老师对女生的哭并不格外开恩，他置之不理，久了，女生也皮实了。

期末考试，傅村人都翘首期待着。两个年级都考得不错，学生少，拉后腿的少，平均分就高，成绩算出来，全学区妥妥的第一名。刘老师成了英雄，他们说人少有优势，人多就是放羊，掉了队的根本看不到，私塾教育就是好，一对十，一个都不会落下。他们说，刘老师有两把刷子，教书认真有门道，以前的老师，都没这样的成绩。前几年调来的老师，讲课水平一般，怎么说一般呢？谁确定他水平不高的？放羊的程明，从教室后头路过，听到老师在讲鸡兔同笼问题，他停下来听了听，条理不清，学生都听不懂，他也听不懂。程明把这事儿汇报给书记，书记就到学校去探探虚实。书记在教室前面露了个面，朝老师点了点头，算是打招呼，就到门口抽烟。两袋烟抽完了，老师都没出来跟他聊两句，书记扔了烟头，踩了两脚，扬长而去。书记跟他们说，老师确实没水平，还不会做人。他们去政府提意见，把那个老师换走了。那位老师，水平确实不高，但程明和书记还是高一些。

学生成绩好，众人皆欢。年后开学最是热闹，刘老师要排着号去吃宴请。逢上端午、中秋，他们也提前叫老师去家里吃顿饭，也没什么好饭，就是多加两道荤菜，再来两瓶酒，人多酒多，人少酒少。刘老师满面红光地走在村里那条弯曲的路上，他弯曲的头发微微颤动，笑声爽朗，能够穿透巷子和石头墙。学生散学，远远地跟在后边，窥探他到谁家去，装着漫不经心地样子，谁都希望老师到自己家里去。跟刘老师一个锅里吃过饭，惧怕的心情就减弱了点，挨在头上的竹竿，手心上的板子，好像力道也会轻一些。有来有往，家长们也到办公室聚会，四间大瓦房，一间用来大队办公，一间用来刘老师办公，剩下两间是教室。合并班级后，还空出来一间，有时候就充当村民活动室。但凡开会商量事情，就有几个家长在刘老师那里喝酒。

刘老师在傅村学会了吸烟。刚开始他在街上吸，村里的男人遇到就给他点上，还会纠正他的姿势和吞吐烟气的方式；后来他也在办公室里吸，一边吸烟一边写字，学生到了门口，他才掐灭，正襟危坐起来。他经常被人叫去喝酒，拗不过众人的热情，他只能放开自己喝，一喝就醉，醉了还歪歪扭扭地跳上自行车，往家赶。他和村里人嬉笑，爱凑到人群里热闹，老师似乎不应该是他这个样子，可是谁也说不出什么错来。有人用粉笔把他名字写在厕所里，"大酒鬼刘宗礼"，惹恼了他，他趁着酒劲儿怒气冲冲瞪着我们：

"谁写的？把你的名字报上来！"

"你们不承认是吧，不说所有人都不能回家吃饭。"

骂人耗费了巨大的精气神儿，他趴在讲桌上呼呼大睡，呼噜震天响。学生们围着他转两圈，试探他到底是真睡还是装睡；他们拿着课本假装去请教问题，课本啪的一声掉在地上，刘老师纹丝不动；他们远远地拿笤帚碰他翘起的发梢，也没有反应。于是大家大起胆子来，上去推他两下，站在背后做一个鬼脸，逗得底下的学生发笑。他直睡到被尿憋醒，像散了架的自行车，拖拉着链条去厕所，再转到办公室继续昏睡。

喝酒误事，学生自然遭殃，太阳西下，到放学时间了，却没有人来宣布放学。于是大家就推举胆大的到办公室请假去厕所，一个接一个，刘老师大手一挥，去吧。重复来几次，刘老师方才领悟到该放学了，就让学生们散学回家。也有喝多了糊涂了不予理会的时候，学生们会撒开嗓门读书，就像呼喊人来救他们，孙太太听到学校里的读书声，会去替老师说一声放学回家吃饭。

三

傅村人都知道要学好语文、数学。按照生活经验来，读书识字、会算账，能满足基本的生活需求。三年级开始刘老师教学生写周记，开篇写新学期的打算（以后年年都是重头戏）。刘老师指导这篇文章分两部分写。第一要先说这学期的成绩，语文学会了多少生字、新词汇，背下来几首古诗，数学学会了哪些种类的应用题，有什么解题技巧，最重要的是生活中，学会了哪些家务活，做过什么新鲜尝试，去过哪些外边的地方。接下来要写这一学期的缺点和不足，缺点和不足要坐实了写，你不愿意干农活可以写，不必所有人的妈妈都伟大勤劳，不喜欢爸爸妈妈也可以写，包括愚蠢与自私，都不能虚着写。交上来的作文千篇一律，像喊口号，没有缺点，他们最大的缺点是不用功，第一次写算是缺点，每年都写自己不用功，不用功就成了凑够字数的格式。刘老师说，一群榆木疙瘩开不了窍儿。

刘老师去管区开教育督查会，留下一个作文题目——《我的妈妈》，500字，体裁不限。教室里的学生乐呵呵地想象和描述自己的母亲，边写边聊。王芬最自豪的时候就是说她妈妈了，她说："我妈妈是高中生，比刘老师学问都高。"

梁宁不服气地说："最有学问的人去做老师，你妈妈怎么还种地啊？"

"刘老师回家也种地，你不知道别胡乱说话。"

"你等刘老师回来问一问，到底谁的学问大，你妈妈连走路都走不稳当，还有学问？"

王芬的妈妈疯过一次，送到精神病医院电疗了好几个月。人们都说，过了电的人，精神头就消失了，眼神无光，走路打软腿，像踩在棉花上。她颀长消瘦的身体走在街上，让人担心她随时都会被风刮倒。王芬听到梁宁嘲笑她妈妈，像被刺到内脏一样绞痛，手心攥出了汗，她抓起他的作业撕扯起来。僵硬的作业本因用力过度而变了形，但无法撕碎，遇阻的王芬扑上去抓伤了梁宁的脸，她才稍稍获得一点平静。十个指甲印在脸上，梁宁眼睛里泛着热泪，尖叫起来。教室里乱糟糟的，拉架的，帮忙助威的，吵嚷成一片。孙太太先听到吵嚷声，她到学校安抚不下，就奔出去叫了两个孩子的妈妈来。梁宁的妈妈颤动着肥胖的身体挤进教室，在傅村连男人都不是她的对手，看到儿子脸上的伤口，她破口大骂，有娘生没娘养，谁的孩子都一样金贵，有病不是打人的理由。王芬的妈妈脸上挂不住，她抖动着嘴唇，拉着王芬回家，王芬执拗着不走，要跟梁宁妈妈对峙到底。晚上，男人们分别出动，三番五次地骂到大街上，半夜才消停。

第二天一早，戏台转到学校。刘老师一落脚孙太太就在办公室门口等着了。刘老师让王芬、梁宁把作文拿出来，每个人对着自己的作文念一遍，两个人哆嗦着把作文本拿出来，结结巴巴地念出声来。刘老师拿起作文本，朝梁宁和王芬头上扔过去："我教出来的学生，撒泼骂人。学会写作文有什么用？"

刘老师带着王芬送梁宁回家。他跟梁宁说："我没什么学问，没考上大学，跟王芬的妈妈一样高中毕业，说不定还不如她呢。"梁宁说："我不信。""由不得你信不信，我们这些在一起的人，有什么高低贵贱？只有离开这里的人才有自由，你们以后要到远方去看看。"梁宁问："什么是自由？"刘老师头也不回地走了："我没见过。"刘老师拉着王芬向梁宁的妈妈道歉，王芬僵硬着身子，嘴巴里咕哝出一句对不起。出了梁宁家门，王芬前头走，刘老师跟在后边，他说："什么时候都要保护妈妈。"刘老师看着她进了大门，才转身离开。下半年，王芬的妈妈发病，跳井死了，除了刘老师，没有人联想到这件事，当然这件事也不是她的死因。

清　歌

　　刘老师开完追悼会回家，骑车掉进了壕沟中，摔伤了胳膊。他心里其实是庆幸摔伤了胳膊，那缓解了他心头的痛。停课一周，他的心比任何时候都忙碌，他第一次对傅村产生了距离感，他抗拒起这个地方来。他打报告给上级单位，上级单位回话给他，教师稀缺暂时没办法调配，他只好带着打了石膏的手回去上课。

　　书贩子洪水弄来一堆考试资料和作文书。洪水开着红色面包车来的，好像天外来客，直奔目的地。车上放置着几个木头箱子，他把箱子在走廊上一字打开，有一排排的作文选、连环画、小说、诗集，都是盗版的，也有点心、零食、玩具、文具。刘老师像欢迎一个老朋友一样接待了洪水，他想有个人随便聊聊天，洪水健谈，天南海北、天文地理无所不知。学生们真心想买的是零食和点心，把手里的毛票花掉满足嘴巴，但学生们只能买书，挑好喜欢的书籍，计算出价格来，回家吃饭的时候，把书钱带来。洪水送给刘老师几本公办老师考试资料，作为回报，刘老师买了几本文学名著：《猎人笔记》《在人间》《我的大学》《母亲》。我们合起来买了一套作文书，一人一本。作文书里的生活跟我们差异很大，我们抄写改编一下，好像跟我们的生活建立起了一种亲密关系。书贩子洪水两个月来一次，带来新书和新零食。一来二去，他成了刘老师的朋友，跷着二郎腿坐在办公室喝茶，蹭一顿午饭，有时候也有一顿酒，喝到暮色低垂。办公室里传出两个人猜拳的声音，他们喊头一顶、哥俩好、三桃园、四季财、五魁首、六六顺。他们俩坐在昏暗的办公室里，上半身浮在桌子上摇来晃去。喊累了，他们背诗：天空是倒过来的大海……停电了/我打一通太极拳/世界就暗下来。刘老师应该是听了洪水的劝，开始准备公办教师考试。他考了两次，都是数学扯后腿。家长们听说后心里紧张，有人去问他，他笑呵呵地回答说没考上，以后不考了。他真的没再考，洪水来了，他只买文学书和诗集，不再买考试资料。家长们松了一口气，背地里说，刘老师毕竟还差一把火候，一年半载走不了。

1993年秋天，傅村小学取消，并入小唐田小学。刘老师调离到圣井峪，离傅村向西三十里。刘老师离开傅村那天中午，学生被叫出来拍合影。他坐在一把藤条椅子上，学生围着他站着，个子矮的站在刘老师左右两边，个子高的绕到后边，踩在水泥台阶上。摄影师喊一二三，大家睁大眼睛，太阳明晃晃的，总是有人跟不上节奏。拍完照，家长们跟他拍合影，也有自己来找刘老师单独合影的，他擎着笑脸一一满足。拍照停当，他抢先付了摄影师钱，大人们拥堵到办公室把钱塞给他。学生自行到教室等着告别的时刻。他被大人们簇拥着去镇上的饭店吃告别宴，他太着急和忙碌了，没有来得及跟学生们告别，学生们心里怏怏不乐，觉得家长们太过分、太抢戏。王芬的爸爸到教室说，孩子们，你们回家吧，以后到哪里都要记住你们是刘老师的学生。他们的嘤嘤细语，他没有听见。合影一个星期后送达，是四寸的黑白照片，学生们拍照的机会少，姿势摆得不自然，太过用力，用力睁着眼睛，没收住下巴就像刻意昂着脸，只有刘老师坐得比较雅正，笑容自然，他跷着二郎腿，双手交叉放在腿上。中山装口袋里，插着银色钢笔，像一枚别致的胸针。这张照片几乎放在傅村的每一个家庭里，直到它被潮气侵蚀，黄色的光斑遮住了一半的人影。

四

梁莹、孙太太跟着送葬的队伍拖沓前行，她们两个边走边压住嗓门聊天。她们两个猜测那些年轻的面孔可能是刘老师的学生，抱怨现在读大学的人越来越多，满大街都是大学生。因为遇不到熟人，她们有点拘束、疑惑和不满。

"一个傅村的学生都没通知？"

"听说家属不让通知傅村的人。"

"什么道理？"

"刘老师是喝醉了出的事儿，他老婆说起喝酒的事儿，一肚子怨气……当然，想通知也找不到人，过去熟悉的人都散了。"

"喝酒这事儿，确实怪傅村那些人。"

"唉，大家也是看他一个人进进出出，太孤单了。"

"怎么联系上你的？"

"从前当老师的朋友转给我的讣告。"

"我们住的小区隔一条马路，他一直想再回傅村去看看，约了多少回了，都没成行。唉，可惜傅村只有我们两个来送他。"

她们聊到此处，掉下泪来，孙太太抽泣起来："如果他不到傅村就不会落到如此下场，他原本是不会喝酒的，不会吸烟的，干干净净一个小伙子。"鼻涕眼泪一起流淌

清　歌

的三个子女身着白色长袍子，边缘沾满了黄色泥浆的斑点。"爸爸回家了，别害怕！爸爸回家了，别害怕！"三个竹竿一样高瘦的孩子哭得身子起伏动荡。刘师母扑倒在坟茔上，两个女人上去抱住她，她昂起的头用力地往后甩了几次，有人去托住她的脖颈，一股白色的泡沫从嘴角流下来，两个男士站起来，把她抬着离开现场，拖拉的腿脚荡起一股无力感。她不会了解刘老师在傅村经历了什么，她们也不会了解刘师母正在经历什么。孙太太用手帕擦眼泪，梁莹努力咬着下嘴唇。追悼会的哀乐奏起，空中飞来几只鸣叫的蚊蝇，人们不得不经常挥一挥手，去驱赶它们。

　　刘宗礼老师，生于1963年，逝于2006年，享年四十二岁。自1983年开始任教，先后在过流、傅村、圣井峪、甲子屿、凤凰岭等地中小学，躬身于教书育人事业。他热爱工作，热情大方；热爱家人，养育了三个优秀的孩子。他多才多艺，富有潜力和才华，写了一百多首诗歌，献给他工作过的地方和人民。他在我们心坎上取得了荣耀而亲切的地位。

追悼会上，放着一本本按年月排列的教案，梁莹随手翻到1987年下半学期教案的第一页，工整地书写着一首诗：当雏菊将草原铺满／当乌鸫将清歌啼遍／我们的心也跳得欢／一起迎接新的一年（彭斯）。这是一首他多年前抄写过的诗，刘老师在办公室朗诵过这首诗，声音从远处向她驶来。刘老师踱着方步边走边诵读，她抬头看了他一眼，不解地绕过去，她的手指落在"鸫"字上，若有所悟地点点头。现在她的手掌起了厚厚的茧子，腰身和肚皮已经松弛，再也塞不进21寸腰身的裤子，她热爱穿民族风格的黑色阔腿裤，那是生活里唯一自由舒展的时刻。如果活着，他们定然认不出彼此来，再次遇到，她想应该是自己死的时候了吧。

作为纪念，每个到场的人都领了一本本地教育局编著的《撷英录》，第65页是刘老师的采访报道。文章里写他1993年转入公办教师编制，教过的学生先后有一百多人考入大学。文字下面插了几张照片，第一张就是傅村的那张合影，那几张依然可以辨认出来的呆呆的脸。他的两个女儿成绩优异，在各自的学校名列前茅，文章还附了一张三个孩子的照片，他们的头偏向一个方向，局促地挤在一起，怔怔地望着前方。他因为工作很少关注家庭，妻子一个人负担着全部家务，养育三个孩子，照顾老人。1996年妻子因心脏病住院，刘老师同一年调入实验小学，两年后提拔为校长，自费出版诗集《天空是倒过来的大海》，两组诗发表在本地杂志《东平湖》《岱岳文学》上，风格冷静而沉郁，显露出厚重的生活质地。

梁莹认真地念了一遍题目，第一首是《用手推一推季节》，就是小袁写给她的第一封信里的诗，这件事过去久远了，小袁结婚后就承认了所有信都是刘老师写好的，自己原样誊抄一遍。十二封信还没抄完，梁莹就答应嫁给他了，剩下的几首他随手丢掉了。梁莹并没有生气，那时候她觉得小袁还是个格外有趣的青年，那种有趣超出诗歌的晦涩，她还把这事儿讲给自己的姐妹和父母听，他们都说小袁鬼气得很，满腹心眼。这事传为笑谈，亲戚们聚在一起经常拿此事打趣他。说笑的时候，他们从没有提起过刘老师，小袁经常说是别人写的，至于别人是谁，他觉得不必特意说，也没有人问起过，只有在梁莹的脑海里，一瞬间闪过刘老师的影子，也就那么一刹那。

追悼会结束，宾客陆续散去。孙太太的女儿开车来接，正好可以捎带梁莹到金槐中转站，方便她乘公交车。两个人并排坐在后座上，汽车颠簸的时候孙太太的身躯就会靠在梁莹身上，肉贴着肉，一股燠热感。空调打得太低，梁莹一直盼望颠簸频繁一点，她有点贪恋那一刻贴近带来的温热。孙太太说，傅村人都跟插花似的搬到大社区里去了，来年聚会的时候，我还想回去，到时候你也去。梁莹朝她笑了下，说要的。从前在傅村她们并不熟悉，傅村整体搬迁后，孙太太搬到女儿家住，梁莹多年没见过她，但也没有感觉生分。梁莹挎住孙太太的胳膊，就像回到消失了的傅村。

　　孙太太已显老态，脸颊上的肉耷拉着，嘴角向下拉扯着法令纹，她说多话就精神不济昏昏欲睡。孙太太说，刘老师是个好人哦，我们都把他当傅村人了。梁莹说，傅村人对他比对自己人都好。孙太太叹了一口气说，都是怜惜外乡人。梁莹说，我现在懂了，盛日不再来呀。孙太太咕哝了一句，你说啥？梁莹说，没说什么。橘红色的大众汽车卸下梁莹，昏睡中的孙太太清醒了，她要跟出来，被梁莹推回去。孙太太用擦喉音的嗓子说，我们好像都不了解刘老师。汽车的发动机嘶嘶鸣响，梁莹控制着内心的剧烈鼓动，用力地点点头，朝她挥了挥手，示意她赶紧走。

壮游

这个世界让我挫败，可我依然舍不得离开它。

—— 伊丽莎白·斯特劳特

一

暮色瞬间来临，积雨云被风吹散。微弱的犬吠声从一排排空洞的房子中间泄露出来，引起街巷尽头另一只犬无力的呼应，好像被夕阳吞没了。微风拂煦，白杨树叶哗啦啦一阵慌乱，刘月清嫌恶地扫了一眼树梢，前不栽柏后不栽柳，门外边不能栽拍手杨。政府绿化部门并不理会她那一套道理，清一色的速生杨，站满了马路两侧，随着道路延伸。骤起骤停的阵雨过后，泥土混杂着潮热的气流盘旋在街上。她斜挎着一把竹藤椅子，安置在门道里，先是在门口左右打望了一下，路上没人，也没有一只狗、一只鸡，一红一白两辆汽车开过，惊起了田野里的麻雀、乌鸦，它们呼啦啦振翅向高空飞去，变成黑色的星点越滑越远，汽车消失在公路拐弯处。远处的山峦、树木在闷热中些微晃动，渐渐跟绛紫色的天空混为一片。

最后一班公交车在下客亭处刹车。刘月清摇着蒲扇走过去，下来的是村医信运，他是个小儿麻痹症患者，腿脚自小不灵便，父母为他将来打算费尽心力让他上了培训班，做了一名乡村医生。人在限定中往往没了其他心思，坐堂问诊，打针开药，就像一日三餐，长年累月，他成了本地的名人，没有人不认识瘸子医生信运。售票员李凤英先跳下车来，司机在上边送他和拐杖踏上第一级台阶，他的身量宽大，几乎把李凤英盖过去。刘月清凑到边上跟着捏一把汗。"慢点慢点，哦，哦，好了！"每个人都松了一口气，趁着李凤英扶着信运去长椅的空档，刘月清爬上公交车拉着栏杆往里看了一眼。司机闫刚说："没人了，我马上在这里掉头回去。"刘月清问："今天有没有一个十八九岁的小伙子上车？戴一副黑边眼镜，背着黑色的大背包。"司机说："这我还真没注意到。问问李凤英，一路上也没几个人上来呀。"他朝女售票员指了指。

李凤英把信运从车上拖下来，累了一身汗，安顿信运在长椅上坐下，她伸了伸腰，来回捶打着自己的肩胛骨，回头朝刘月清说："今天没有年轻人上车，不是周末，车上一个学生也没有。"信运一边掏电话一边问："六奶奶，你在等谁？"还没等刘月清回答，他的电话先通了，他告诉老母亲快到家了，可以开锅做饭了。刘月清说："你赶紧回家吧。"信运说："我再歇一会儿。进城一趟，全身检查了一遍，除了早就坏掉的，其他一个零件都没坏。可还是觉得浑身散架了，再歇息一会儿。"

"医生也要进医院看病哦。"

"医不自医啊，您还是神仙呢，不也去医院？"

"别浑说了，不吃药不打针哪行呀。"

昏黄的街灯亮了，村道两旁染上一道淡黄的光影，成群的飞虫一只一只地撞上去，翅翼的嗡嗡声散发出傍晚的焦躁。刘月清伸长头往北方的路上打探，习惯性地扭转头往南方看一遍。信运问："你在等令箭？那丫头以前打都打不走，她多久没来了？"

"令箭做生意呢，没空过来。她卖磁疗床垫，你可以买一个用，让身体减轻疲劳，我用着挺好的，你有空去家里瞧瞧。"

"我不用那种新鲜玩意儿,我这个身体早就散架了,能保持住外形不塌就行,它可经不起新科技。"

"你用过磁疗神奇围巾吗?听说对脖子有疗效,我想着你天天坐着颈椎不好,可以试试。"

"我买不起那个,太贵了。"

"今天车上怎么这么空?城里有什么热闹事拦住他们了?我坐了半天了,也没看到什么人回来。"

"能有什么热闹事啊!彩票每天都开,他们未必有那个福气能中。看广告上说商场这两天打折,也不是所有商场都打折啊!城里跟以前一样。今天陆房和金槐一带有查酒驾的,堵了挺长一段路。"

"我总觉得出什么事儿了,我眼皮一直在跳。"

"那真说不定,您跟天上有关系,说不定提前透露给你消息呢!"

"越说越混账。你赶紧回家吧,你老娘等不到你该着急了。"

"兰青高速修路,修到进城必经的路线了,原来的路改道儿,要绕镇级公路走。"

"兰青高速是做什么的?"

"兰州到青岛,这两个地方我都没去过,挺远的,兰州到咱这里三千里地,听人家说那地方离天更近些。"

"咱们这里的人去那么远的地方干吗?好好在家待着就行了。"

"搞运输呗,钢材、水果、粮食、煤炭、肉、蛋都可以运过去。"

"哦哟,那是挺重要的。运吧运吧。"

刘月清双脚离开地面,像是泡在小河里,并在一起,一上一下地踢蹬水花,就像回到从前一样。彼时她尚未出嫁,在河边浆洗衣服,洗完衣服坐在石阶上戏水。如果有过一些出神的时刻,就是那个时候,她想沿着河水到尽头去看看。结婚之后,傅村周遭都没有河流,她就再也没有动过这样的念头,路的尽头总还是路,坚硬而敦实,车马经过扬起漫天的灰尘,让人一点念想都没有。刚结婚那一阵子,丈夫被征召去修铁路,一走就是五十天,她心里一百个不乐意。她觉得自己就像一只山羊落入陌生的绵羊群,她谨小慎微、小心翼翼地退缩着,周遭没有一个熟悉的可以贴己聊天的人。早上听到第一遍鸡鸣,即刻起来摸黑梳洗。一开始她点过灯,映着红色的窗花,房间里有一股暖热感。但被早起解手的公公发现，教训了她一顿，埋怨她不知节俭浪费灯油。她梳洗完就去做一家人的早饭，一手递柴火，一手拉风箱，中间禁不住瞌睡，瞌睡虫一来，头就失重一般朝下跌落，触到火苗燃到齐眉穗，惊出一身汗。饭菜准备停当，她才进屋预备好洗脸水和毛巾，请公婆起床，再踅到西厢房和东厢房依次叫小姑、小叔起床吃饭。在他们起床和梳洗的间歇里，她短暂地获得了一个人的安宁，坐在八仙椅子上，双脚离地交合在一起，悬在空中，想象着她还未曾熟悉的夫君，在铁路上沿着黑色的钢轨、簇新的枕木往北走。她不知道那条路通往一个什么样的地方，津浦铁路从天津到南京，这两个城市她哪个也没去过，但从报纸上看到过这条铁路的消息，钢轨、枕木给她一种神奇而熟悉的感受，那两个城市好像带着她男人的血汗气息。

　　信运无声地坐在那里，仿佛欣赏着傍晚的虫鸣蛙叫。他清了清嗓子，才把刘月清从回忆中惊醒。刘月清说："你母亲还能给你做饭，回家有口热汤，也是你的福气。"信运说："她哪一天走了，我就成孤家寡人了。"信运最近脑子里经常划拉的就是这件事，虽然没有任何迹象表明他母亲马上就要去世，上半年政府组织了集体体检，母亲一切正常。父亲走后，他和母亲在一起生活二十年了，家里的一切都是母亲在操持，他想象过自己接手，重新规划一下生活，但终于有心无力。他想象过母亲有一天摔倒或者以任何一种意外而不能自理，他自己无法给她洗澡、翻身、喂药、喂饭，可能被迫要把母亲送进养老院。而那以后他会怎么办呢？一个人住在四间宽敞的大房子里，客厅里全部摆上自己搜集的医药书和瓶瓶罐罐，把父母从年轻时代带来的家具全都丢掉，墙上的画册、写字台上的假花、挂历、领袖照、抽屉里码得整整齐齐的账单，可能还有床单被罩、碗碟，或许都放置到母亲现在住的那间房子里封存。想象着母亲的离去让他充满忧伤和心痛，但有时他似乎又期待着母亲的离去给他带来某种新生的可能。这种想法让他觉得羞愧，很明显，虽然生活让母亲备受挫折，她仍不愿意离开。

有一次体检结果出来，村里通知村民去诊所拿体检书。明知道信运自己可以把体检书带回家，母亲还是早早地去诊所等着，排队坐在门口，跟几位老人攀谈。他们说最近在吃降压药，日常如何搭配食品，交流着纾解颈椎和腰椎不适的动作。轮到她时，大家还起哄，万一有不好的病，儿子会欺瞒她的，因为她不识字。当着几个人的面她让信运给她大体解释了一下体检书，血液、血压指标正常，视力、听力是正常的机体老化，不是病灶。六十岁的吉发被检查出来患了胃癌早期，信运私下通知了他在外地的儿子，跟老爷子只说有点小毛病，让他先回家等着。吉发惴惴不安地转身回家，从他走路的姿势，人们知道他心里似乎明白了大半。信运的母亲目送吉发的背影离开，直到他消失在胡同拐角处，她才揣好体检书回家。那天她特地绕道公路上，沿着公路南走到致富桥那里，桥的两边无遮无碍，风吹乱了她花白的头发，从那里可以看到桃山上亲人的坟茔，她感谢先人们给她机会可以再照顾儿子几年。沿原路返回，她又到菜园里转了一遭，看了看自己栽种的蔬菜花草，回到家把垃圾分类整理好，认认真真地丢进垃圾站的分类桶里，心中充满了躲过一劫的幸运感和再活十年的豪情。

　　刘月清说："你母亲身体真好，看不出是七十多岁的人。样样都是好的。"信运说："比前几年还是有变化，现在经常忘事儿，冰箱里的东西放了一个多月她都想不起来吃。我们家经常吃过期的食品，如果我发现不了。液化气都不敢给她用了,上个月我加班回家晚了,煤气把锅都烧干了,炖的排骨黑乎乎地贴在锅上,我折腾了半天才洗干净。她想想就后怕,不敢一个人时再用液化气,现在我不在家,她就得退回到烧柴的时代。"刘月清突然想起高压锅里还炖着一只鸡,那是她早上让熟食店的老板帮忙现杀的,给了他五块钱的辛苦费。那是她养的四只鸡中最老的一只母鸡,动这个念头的时候她真舍不得,不过杀了也就杀了,就像他的大儿子,死了也就死了,她好多年没有梦到过他了。刘月清加快步子往家赶,信运在后边打趣她:"出不了事儿,高压锅又不会爆炸,会自动跳到保温的。"

二

刘月清一路小跑回家,她真正担心的是梁帆,说不定他错过了这班车的时间,另搭乘其他的汽车到达邻村,晚点会一个人走回家。之前有一次,梁帆跟父母闹矛盾,晚上自己跑回来了,从后门爬进来敲她的窗户。她紧紧抱住他,她知道他一定是受了天大的委屈,那么胆小怕黑的一个孩子,一个人跑二十里地回家找她。她重起炉灶,给他做了一个炖蛋，看着他稀里呼噜喝完，起身给他收拾床铺。他父母的婚房改成了梁帆的房间，他们再也没回来睡过，即使是除夕十二点他们都开车回自己的家。梁帆半夜爬到她的床上，他一米六了，腿脚顶到床头，她抱住他的头，他把脚蜷缩起来，搭到她的心口上，他小时候一直喜欢这样。

梁帆自从出生到五岁，都是在她身边长大的。那时候大部分人都还在村里安居乐业，令箭在读小学，她能吃能睡，学习成绩一般，但乖巧懂事，是个生活小帮手，她带着梁帆玩尽心尽力，不会让弟弟离开她的视线半步。小女儿还没有出嫁，她有一头乌黑厚实的长发，街上的人都说她的头发如果剪掉能换一辆新自行车。小女儿每次洗头都要大动干戈，满满一桶热水，需要她拿着水瓢帮她一缕一缕地冲洗，洗完擦干她悠闲地坐在大窗户前把头发晒干，房间里充溢着洗发香波的清新味道。有一个外乡人推着自行车进到院子里，他们都站起来盯着这个陌生人，等着他开口。他问："这是刘月清老人家吧？"那时她一个月都要被请出去几次，帮夜间惊悸和夜哭的小儿收惊。那些歌谣她永远也忘不了："床帮神，床帮神，小孩没魂你去寻。远的你去找，近的你去寻，遇山你答应，隔河你应声。"这些她是怎么学会的？是她母亲传给她的。五月端午节午时对着太阳跪念：老祖传排令，金刚两面排，千里拘魂症，快如本性来。如是108遍，日后再用，念一遍即可，结束叫一声"疾"和孩子的姓名。大年夜她对着王母娘娘发誓，以后传女不传男，传贤不避亲。她本来想传给儿媳妇，儿媳妇扭扭捏捏地说，这些歌她唱不出口，刘月清觉得儿媳妇上不了台面，没有公众缘。后来想传给傅村的妇女主任，她有公众缘，负责接生和妇女工作，但是她说自己的身份学这个影响不好，彼时她正运作调往计生站工作。刘月清立时觉得年轻人精怪，心口不一，孩子有问题还会私下找她来问询，让她念念法，看看关碍，但并不妨碍他们去找医生，他们是宁可信其有不可信其无。先去诊所找信运，信运不管用就去大医院，中途找个神婆看看，多少也是助力。现在找她的人渐渐少了，也不是完全没有，经常是从城里来的，听了婆婆或者母亲的话，顺道路过，作为医院治疗的一个补充。刘月清不拒绝，也不积极，她也懈怠了。

小儿子在城里开了一家书店，专供附近学校的参考书和试卷。先是一个人经营，扩大规模以后，把老婆也带过去打理，孩子由刘月清管着。梁帆是读完幼儿园的时候被带走的，小儿子说城里的小学教师好，学校也正规，可以尽早改掉他的乡村口音，不然进了中学他的土话发音会遭人嘲笑。周末妈妈看店，爸爸会带他回家吃一顿午饭，下午回城。如果周末父母没时间，梁帆会坐着公交车回家，交给熟识的售票员一路看顾，这条线上只有周末人多一些，但也不会满员，刘月清就在村口的车站等他。

有一两年，他们维持着这种周末的约会，好像他们两个之间的一切事情都不需要交谈，都可以非常顺畅地传情达意。她知道梁帆的一切爱好，他喜欢的口味和咸淡，他喜欢什么颜色的床单、拖鞋，第二天要穿什么衣服，看哪些课外书，在他到达之前，她已经准备停当。梁帆代父母拿来每月的生活费，满心欢喜地等着这里迎接他的一切。后来这个节奏被打断了，他需要去辅导班，参加同学的生日聚会，和同学去郊游野餐，有时候他也赶不上回家的这一班车。刘月清为此失落过，他们给她配置了移动电话，装上了网络，让他们能视频聊天。每次聊天，梁帆都跑到自己的阁楼上，让她看看自己的房间，有时候还让她看看窗外的天空，街道上和公园里跳舞的人群。她也去小儿子家住过半年，所以她能认出大部分的场景。梁帆父母闹离婚的那半年，她觉得自己就是穆桂英，被邀请去他们家坐镇，威慑住了分裂的势力，等一切风平浪静，她又觉得自己是多余的，立时要求回家。

刘月清想给梁帆打个电话，问一问他到底有没有坐车回来；如果回来了，会不会粗心大意坐错了车，到底去了哪里；如果想改天回来，为什么都没有再打个电话说一声。他是个细心的孩子，这不像是他的做事风格。他自己保留着儿时的玩具，分门别类地装在纸箱子里，连小时候的画作都用防潮薄膜覆盖起来。她在沙发上摸索了一遍，手机不在笸箩里，也不在收音机旁边，她找了找早上披过的外套，口袋被她拉出来甩了甩。她心里一阵懊悔和寒凉，梁帆肯定打了她的手机，一直打不通，才取消了这次回家的计划。刘月清很少用座机打电话，座机就是个摆设，很多人家这两年都拆掉了，她不想拆掉，她担心有人找她，而手机又没电了，这会让儿女们非常着急。但她的视力让她从电话本上找寻一个号码，并且准确地按键变得非常艰难。她手机上只有家人，儿子、儿媳妇、梁帆，还有两个女儿和令箭。女婿和其他外孙都没有存到手机上，即使是语音电话簿她依然怕太多了弄混。她觉得手机是一个好物件，就像一个遴选装置，没有加入进来的，几乎就没有必要了，她的世界也承载不了更多人事了，她在做减法。

三

没有人告诉她梁帆生病的消息，但她心里知道。梁帆整整一年没有回老家了，也没有打过电话。虽然她的耳朵不是很灵敏，但是还是听到了一些只言片语，她听到两个女儿在堂屋里说到梁帆的名字就叹气的声音。生活费都是儿子开车送回来，吃饭的时候他心不在焉，跟她说，梁帆考完大学再回来看她，儿媳妇一年都没有回来一次。刘月清在心里给自己打气，一定要忍住，那是梁帆教给她的生活经验。刚去城里读书的时候，梁帆回家过周末，刘月清忍不住拉着他的手哭了，梁帆说，奶奶，我们以后都要忍住，变成习惯就好了，痛苦就不那么痛了。

村里有人说他得了抑郁症，有人说他神经衰弱，有人说他疯了。"疯"这个字眼特别扎人。她去商店买酱油的时候，听到别人说到梁帆的名字，还有这个字眼，她假装没听到,她不相信,别人也以为她没听到,毕竟她耳朵有点背。刘月清跟着大女儿去过儿子家一趟,梁帆看起来没有异样,一样吃饭、看书、写作业,还拉着她的手出门到公园里转了一圈,跳广场舞的老人们增加了新的光电设备,像个露天的百乐门。她克制着没有问任何一句多余的话,这时节她只想在心里默念平安。第二天早上准备回家时,她去梁帆的房间看了一次,一切如常,加了一张床,他们说梁帆夜里有时候害怕,可以过去陪着他。窗户上新加了栏杆,别人家也都是同样的配置,都是同一个门窗师傅做出来的,看出去的风景隔断成格子形状的。

　　刘月清回家以后,每天夜里都念"床帮神""老祖传排令"。高考结束后,梁帆终于有时间回来住,在家休养了两个月,他脸色红润起来,身形胖了一圈,刘月清暗暗得意,或许是自己的诚意起效了。整个村庄没有同龄人,梁帆每天躲在房间里打游戏。傍晚吃过晚饭,他们出门散步,沿着公路往南走,从大桥附近向西折,沿着新建的樱桃园一直走,田野里的风吹起他们的头发,钻进衣服里,舒爽而安逸。越过淀粉厂、太阳能发电工作站、鸭子养殖场,空气中有一股刺入肺腑的恶臭味儿,他们快步穿越,通常是梁帆走得更快，刘月清不得不加紧步伐，额头上冒出丝丝汗意。终点站是大坝，他们在大坝上坐一会儿，刘月清出嫁的路就经过这里，轿子摇晃得让她头昏，跟轿的媒婆大声喊，过坝了，她条件反射一般伸手到布袋子里，抓一把硬币撒出去，叮叮当当，硬币撞击着大坝上的石阶，她听出了一些欢乐和迷茫。那时候她还没有现在的梁帆大呢，她十七岁，谁也不知道她当初的那种心情，好像悬挂在天堂的边缘，担心掉下去又想看看上面的风景。

天边涌起大块大块的白云，鳞次栉比的平房看起来像是未来的墓地。停业的砖瓦窑上，高耸的烟囱就像一尊生锈的大炮，孤独地对望着天空。十八岁的梁帆穿着肥大的白色运动套装，他伸开双手，风吹起他的衣服猎猎作响，远远看过去像一个穿运动装的神仙。小时候带他经过这个大坝，梁帆会有些恐惧，因为坝头上有一个龙王庙，里面的神仙面目凶狠，对孩子一点都不友善。后来她带他进去祭拜，保佑风调雨顺，一切平安。参拜的次数多了，就成了朋友，梁帆上去抚摸过它僵硬的胡子和裂开的泥塑脑袋，冷冰冰的，但已经不可怕了，像一个憨乎乎的老爷爷。

"奶奶，我想当医生。"梁帆跟她说大学的志愿。刘月清不懂,她说:"好呀好呀,医生好,像信运一样,风不着雨不着,是个好工作。""我不要像信运一样,只会打针、开感冒药。我要做大医院的医生,能治疑难杂症的。""大医生也要从头学起,没学会走光想着跑,你去信运那里先学学吧。""在他们那里能学什么?""看看医生是怎么回事也好呀。"

梁帆被刘月清赶出了房间。诊所里三个男医生用一间诊室,一个女医生单独用另一间诊室。梁帆遵嘱坐在门口的桌子前,信运开了药方,他看一遍,心里默记一下。一个人开药,另一个就去取药、发药。夏天的上午特别繁忙,都是中暑发烧的,来了之后坐在椅子上静静地等待量体温和医生问询。女医生主要负责妇女儿童,她一上午跑出去几趟,给生病在家的儿童打点滴。没有病人的时候,他们喝茶、看报纸、聊天,梁帆看手机。三个医生梁帆都认识,他们聊天的时候总是带到他。他们说今年夏天的温度超过了40℃,就问梁帆,有没有觉得今年特别热。梁帆说热都差不多。他们就说小孩子不细心,他们都是有记录的,今年室外超过45℃了。信运接着说,报纸上说印度的室外温度超过50℃,很多没有空调的穷人会热死。他们唏嘘一片,梁帆下意识地去搜索一下那个新闻，浑身有一种燥热和恐惧。

中午梁帆回家吃饭。下午没有病人的间隙，他们四个人打升级，信运跟他一家，他们配合默契，信运算牌非常准。一旦要他扣牌，他总能稳准狠地拿到底牌，窝着一把分牌。一开始打空牌，后来他们给输牌的一方脸上贴纸条，用医用胶带粘在额头上。信运开始厄运连连，算牌出了几次错，打得不顺，病人进来的时候，他昂起脸上挂着的白色纸条，像被风吹起的门帘。诊所里传出放浪的笑声，夹杂着梁帆无声的微笑。

一个年轻的小伙子代妻子来问诊，他说妻子这两天鼻音很重，体温自己量过了，温度没有超过38℃，他央求信运给她开点药，防止感冒恶化。信运一边听他描述，一边记录。等他说完，信运抬起头说："先暂停停，你们刚结婚没多久吧？"小伙子不好意思腼腆地低下头。信运邪魅地朝他一笑："药就不开了，过几天观察看看，万一怀孕，吃药有危险。"梁帆心里一紧，他记住了那个笑容，他知道信运一直单身，这个地方不会有女人愿意嫁给他，这里最缺少的就是年轻女人。两个多月的时间，梁帆间歇性地去诊所待一两天，有时候他们会打电话叫他来打牌。信运给他开过安定，他知道他失眠，却不知道安定根本没用，他把药片丢在回家的路上，被来回的车辆碾成粉尘。暑假过后，梁帆的精神状态好转，梁帆的父母私下开玩笑说，也许老母亲的通天之力不是假的。

刘月清不愿意打电话给小儿子问一下梁帆有没有在家，其实她几乎不打电话给任何人，她只愿意接电话。小儿子一直不能谅解她对自己婚姻的干涉。她七十岁以后，小儿子当着所有人的面郑重地跟她谈过一次，想让她过去一起住。但她看得出来他希望她拒绝，她坚决地拒绝了，大家都舒了一口气。他应该下了很大的决心才在四十五岁的时候，决定离婚，她的坚决不同意毁了他幻想的一切。她搬到儿子家住，监视着他每天回家吃饭，周末陪着孩子和老婆。而梁帆的病则跟生硬地把破裂的家庭再次黏合在一起有关，虽然没有再次离婚的迹象，但她知道儿子心里跟他疏远了。如果事情发生在现在，她应该不会参与的。她不知道是什么原因让一个好孩子生病了，她也不会去问，即使想问也不知道问谁。

她走进东厢房，灯还亮着，蓝色格子的被罩、床单还是折叠好的样子。她打开衣橱，都是自己多年不穿的衣服，拿起一件连襟上衣，口袋里硬硬的，她掏出来一沓白色的干瘪餐巾纸，落了白色粉末碎屑到裤子上。她折叠起暗红色的围巾，理顺了边缘处的流苏，放回原来的地方。她翻了翻挂着的长款衣服，不知道还要找什么。粉色的台灯昨天刚擦拭过，有一种脆生生的干净，静静地矗立在床头桌上，跟陈旧的桌面形成刺目的对照，桌子还是儿子小时候用过的，她没舍得丢掉。她还买了一些红彤彤的小油桃放在被窝里，等梁帆掀开被子，看到这些他小时候喜欢的水果，一定会开心地尝一下，她重新捡起来，封在白色方便袋中。

今天不回来，也许是他没说清楚，明天或者下一周，或者近期他肯定会回来的，刘月清这么想着。听到电话铃声，她心里紧张起来，几步路都让她气喘得不均匀了。电话是信运打来的，他说："我打电话看看你有没有在家。"她顺了顺气说："早就回来了，在看戏曲频道，今晚这出戏热闹。"

"你想出门旅行一趟吗？今天有人塞给我一张旅行度假的广告。"

"我一个老太太，哪里敢出门旅行。"

"旅行团上门接送的。你以前出门旅行过,有经验。顺便带着我母亲,我给你们报一个老年人的旅行团。这么多年,她从来没有离开过我一天。"

"我们年纪太大,出门多麻烦,人家哪敢带我们去啊。"

"有体检证明,签署安全责任书就可以。"

"我想想。"

"你想想吧。就是在农家乐和度假村住几天,路都平稳,他们给我解释过,都是休闲,走走看看,去的也都是老人,人家开门做生意心里有谱儿的。"

刘月清放下电话想了一阵,她从来没想过自己会出门旅行。年轻的时候想出门,父母拦着不让,她羡慕姐姐跟姐夫去支边,也羡慕哥哥一个人出门闯世界。结婚以后,被家庭和孩子拴住了双腿,哪里也去不了。大炼钢铁的那年夏季,男人妇女们一起上阵,她被动员去泰安运煤炭,独轮车、马车和扁担,长长的队伍,妇女自由组合两人抬一筐,白天忙炼钢,太阳一落山才出发。那时节她什么都不懂,就像被裹挟在人群中,只顾迈大步就可以。穿过村庄,犬吠一阵连着一阵,恶犬还一路叫嚣着跟着跑,男青年掷石块才能阻止它们。路过康王河,他们先灌满了水壶，然后卷起裤腿下河冲洗，男青年故意走到女人们一边，泼辣的妇女高声骂他们下流坯子，捧起水洒到他们头上，一人洒众人推，男青年们只能躲得远远的。在穆庄寨底下，有人提议垫垫肚子。司务长解开包袱，拿出干硬的馒头、煎饼，信运的爸爸生起火，等到只剩余烬，用树枝插进馒头放在火上翻转着烤，焦香味在空气中弥漫。

女人们唱"姑娘好像花儿一样，小伙儿心胸多宽广"，男青年接"为了开辟新天地，唤醒了沉睡的高山，让那河流改变了模样。这是英雄的祖国，是我生长的地方"。队伍走了整整一夜到达矿山，迎着天空泛白的方向走，最高的山头就是泰山，葱绿遮挡不住褐色的砂砾，像半秃的人头。楼房在雾蒙蒙中显得清新，走近了又觉得灰暗单调。那时候她跟信运的妈妈组合，一人担一会儿空筐。天亮以后队伍沉默了很多，好像太阳把欢乐没收了。她们两个年轻的妇女心里略有遗憾，她们一开始拘谨着，笑也不敢大声，更不敢参与，刚刚适应气氛，欢乐已经接近尾声。肚子发出咕咕的叫声，脚底下却依然能生风。那时节她们一同劳动一起吃饭，晚上一处纳凉，冬天一处做活。这几年她们都说不上话了，年轻人都是真忙，她们两个老年妇女，也不知道在忙什么。孩子们陆续成人，侄子结婚，大女儿陪着她去一趟陕西看她的哥哥，小女儿送孩子读大学，顺道带她去秦皇岛看了一趟姐姐。远处跟自己生活的地方真不一样，她的世界大概就这么大了，她也没觉得有什么遗憾。

刘月清忘记问一句旅行团到底是去哪里，去兰州，去济南，去青岛，还是去附近的哪里？她想等明早天一亮，就跟小儿子、女儿们打电话，告诉他们这件事。他们会同意吗？还是炸开了锅？大女儿会不会跟着她一起去？还是出于安全考虑，劝说她放弃这个计划？小女儿脾气急，她要是知道了，中午就得赶过来跟她理论一番利害关系。不管他们同意与否，她都要去，就像她们年轻的时候那样上路，这次她主要是帮着信运达成心愿。如果能成行，要五天以后回来，他们一定会去车站等她，或者在家里日夜等待她的消息，挂念她有没有不适应，能否安全回来。让他们等待她一次，也蛮好的，刘月清怔怔地想着。她看到他们一行人登上旅游大巴，在柏油马路上奔驰，满满一车人，挤满了褶子和皱纹，大巴两侧都打开了窗户，有人伸出手去挥舞着小红旗，步调整齐地唱《我的祖国》，真是一次壮游。

电话铃声再次响起来的时候,电视屏幕已经跳到一场足球转播。一群穿着红色运动衫和短裤的青年男子,跟另外一队穿着绿白相间运动服的男人们,精力充沛不厌其烦地来回奔跑。下半场的后几分钟表情寥落,腿部乏力,他们继续在屏幕上跑动,又是传球又是踢球,分数一直维持在零比零的状态,解说员唉声叹气,说他们是互送鸭蛋。刘月清按下外放键,是梁帆的声音,夹杂着嗞嗞啦啦的信号干扰声。他说:"我交了个女朋友……今天忘了回家……下周末会回家看您……带着她……"接下来是嗯嗯啊啊的声音,他应该喝多了酒,趴在阁楼的沙发上,脸朝下。她无法叫醒他喝一杯蜂蜜水,也没办法给他盖上毯子或者擦一把脸,电话里重复着嘟嘟嘟的声音,她缓缓地挂断了电话。电视屏幕上那一群青年男子正在疲惫地散场,有人把毛巾盖在头上,有人边走边脱比赛服,他们背对着镜头,驼背弓腰,无精打采地朝休息室走去。散场完毕,屏幕定格在绿色的足球场上,足足有十秒钟,满目的绿色一动不动,像春天寂静的原野。

刘月清啪的一声按掉了电视遥控器,坐在黑暗中。

宇宙人

要保持我对他的第一印象,我必须不再见他;不消说,我的确再也没有见过他。

—— 乔治·奥威尔

马林、马山是我妈妈的两个表侄,亲戚关系非常复杂,马林的奶奶是我妈妈的姑姑,超出了一个独生子女对亲戚关系的理解能力。亲戚有时候不是看血脉有多近,而是在于彼此的走动,我爸爸经常说亲戚再亲,不走动也就淡了。马家与我姥姥家关系特别亲密,原来家里被打倒的时候,亲戚互动也没断,帮衬吃的用的,一起凑合着熬过了那几年。

日子宽松以后,逢年过节马家都到姥姥家来拜年送礼,红通通的两只大公鸡挂在车把上,咕咕叫着冲进院子里。姥姥一边念叨公鸡个头大鸡冠子也漂亮,一边伸手去接过来，两只公鸡被迎送的陌生之手，惊吓到挣扎嚎叫起来，掉在地上扑棱起一阵尘土。我和几个表弟拿着竹筐满院子跑着抓鸡，被罩住的两只大公鸡，中午哀怨而倔强地躺在桌子中央。马林跟我妈差五岁，亲戚来往多，从小一起打打闹闹长大的，萝卜不大长在背（辈）上，他们还是恭恭敬敬叫大姑，我则叫他们一声哥哥。实际上，我从来没见过马山，他是新中国成立第三年春天生的，比我爸还大三岁。马林比我爸爸小三岁，人长得少相，皮肤白嫩，唇红齿白，看起来跟我爸差着不少岁数，叫他侄子也不亏。

　　我爸爸在一座二级扬水站工作，一周回家一次，一个月四十块钱工资。实质上就是换个地方当农民，每个员工都有一块地，收了粮食拉回家。妈妈带着我常年住在姥姥家，家里的生活冷清寂静，一点乐趣也没有。马林每次来放电影，就像我家的节日，来家吃顿饭，听他透露电影的剧情，听他讲到处放电影的事儿，也讲马山，有时候还住在家里。我是他的跟屁虫，我妈说那时候我像个话匣子问个没完。姥姥时不时喜欢把马林的事儿拿出来讲一讲，一听到马林的名字，我就支棱起耳朵。1979年春天，我姥姥扫一眼在矮桌子上抢糖吃的孩子说，他们都还没出生呢，人吃五谷杂粮，却是百样生长，马家那一对孩子就不像咱们这种地方长出来的。

一

公社下文到村里，广播上一早就播报，南焦的女广播员连续半个月每天都播放这则消息，要在各生产队选拔电影发行放映技术员，入选后是乡镇站员编制的技术职工。家里有男孩子的人家都上心这事儿，扒拉扒拉家底，发现都不够格。人家要求文学创作、电工基础知识、声乐基础知识、乐器演奏、美术绘画、普通话朗读各种技能。正围着锅灶蹲在地上吃饭的马林说，我想去。马正志说，你有什么能耐？马正志两个儿子，大儿子几乎是个天才，三岁看老，小时候别人都说这孩子可惜生在乡村，在古代这长相可以去唱戏；有人说这聪明脑袋可以拜宰入相，也有人说搁今天也可以做演员吧。马正志一筹莫展，好像家里藏了一坛金子，不知道打成什么首饰。

马山读书读得好，写字写得好，但刚读高中，高考取消了，马山回到家里务农，马正志心里落了空，却也满足，好像没有了先前的那些负担。马山并不消停，总有外边的人来找他聊天，他们关上门读书，也争论一番，站在中间讲话的人总是马山。后来马山带着一群人去大串联，沿着大道北上，到过河北、北京、内蒙古，他们被最高领袖接见过，离得最近的时候就差十米左右，这足以让他一生给别人吹牛了。马山一路结交了一帮通信的朋友，马正志心里想，马山终非池中之物。后来马山去当兵，提干都是意料中的事情。

马林事事以马山为榜样，但总缺点灵气，学习不算差，但无法像马山那样全校闻名，长相也出挑，但在哥哥身边，总是一副陪衬的样子，矮了五厘米。马林不觉得气馁，他对哥哥唯有骄傲。马林使的是笨功夫，事事留心学习，读书看报，坐在旁边听哥哥们讲话，也跟着他们四处玩耍，连打架都受哥哥点拨和调教。哥哥当兵之后，是他最寂寞的时光，世界空了一大半，他好像一直没有什么同龄的朋友。村里有一个民办教师的指标，给了马林，后来人们都说这事儿是马山的面子。马正志不管原因，只看结果，结果让他心满意足。他走路的时候喜欢哼"前面就是沙家浜"，别人都说马正志有这样两个儿子，人生圆满胜利在望。

马林说，我会说几段《杨家将》《说岳全传》，会演时咱们这不少人都听过，算创作才能吧；我念到高中，现教着书，出黑板报加点花边装饰我知道怎么回事，再跟着广播多练练朗诵；算起来我也是半个电工，电工干活的时候跟着偷学的，家里电线、电路都是自己摸索装的，学过电路的串联、并联，正负极，算是有基础知识；就是声乐知识差点，但也参加过东方红合唱团，流行歌曲都会唱。马正志说，没有强项，综合分高。马林说，条件大差不离。马正志说，放电影跑来跑去，风里雨里，不如当个老师稳当。马林说，你不懂，到处跑才有意思，而且列宁同志说过，在所有艺术中，电影是最重要的。马正志说，列宁真说过这话？马林点点头。马正志心里嘀咕，列宁说重要的，保不准儿老一辈革命家都赞同。他捻灭旱烟低头考虑了一会儿说，问问你哥，他在部队信息灵。哥哥马山就像军属门上光荣的匾额一样，是全家的精神气，马正志橱子里积攒了一摞挂历，因为是发给大儿子的，他舍不得拿出来用。对农民历他就没那么尊重，每天撕一张卷旱烟抽。

清　歌

　　哥哥没直接回答这个具体问题，而是回了一封热情洋溢的信鼓励他。他描述了自己的一个梦：一天夜里部队急行军赶路，路过一座寂静的小城，天色微明，街上除了几个出早摊的菜贩，几乎没有行人。他从军用卡车探出头去，抬头看见居民楼五楼有一位穿着红色连衣裙的少女，俯在栏杆上看他，他怔怔地望着这个似醒未醒的少女，觉得眼前有无数光明。信上最后一句话是，这种梦只有电影才可以留下来。马山觉得这是哥哥的一个暗示，他没有明说，但已经给了答案。

　　马山的妈妈孙秀红敲打着轧成段的玉米根，添了一把火，灶房间升起一股土腥味。"留意着说门亲事吧，年纪也不小了，一般大的孩子都有孩子了。"马林霍地起身："我才几岁呀，前途比那个重要，有个好前程再说。"孙秀红叹气说："现在蛮好了。"马林不理她，转身回房间。

　　考试安排在政府大院里，三十多个人在操场上排好队伍，带队的干部吹着哨子，领着队伍跑了两圈。春天来了，风中有微微寒意，两圈下来，脊背上冒汗，气喘厉害的、脸色苍白的都要被取消资格，放映员是个体力活。接下来测了体重、身高，领一张表格，到一楼的房间，桌子对面坐着一男一女两位中年干部，绷着一张脸。一问一答，哪里的，会什么才艺。马林做过老师，仪表谈吐比较稳定，把所有半生不熟的才艺讲了一遍。女干部说，表演一下吧。马林说，我唱一首歌《一条大河》，我可以唱男声也可以唱女声。"一条大河波浪宽/风吹稻浪向两岸。"唱毕，马林看到女干部眼神里有了活泛气儿，她说你挺有才的。

马林回家一个星期左右就等到入选的通知。入选的清一色是男生，原本有两个女孩子报名，最后还是落选了。大家都说，这个工作好是好，不适合女同志，跋山涉水的，又是夜里出去干活。马林越来越觉得这是一件独属于他的美差。

他收拾个人物品的时候，对桌的老师陈锋说，鬼迷心窍了，放映员多辛苦，丢了风不着雨不着的教师岗位，你到底图啥？现在后悔还来得及。马林笑笑不说话。这段时间他想得最多的是哥哥，上个月收到哥哥的一张照片，背后附了一句话"天涯海角共此暖阳"，照片上的哥哥羞涩地微低着头，手里托着帽子，背后是水墨画般的山水。孙秀红拿给媒人看，她说，可惜前头那个姑娘多疑又心急，不知道以后会便宜了谁家姑娘。马山之前说提了干再考虑结婚,后来又说再等一年,马林就顺着说不能错了序,等哥哥结婚以后自己再考虑。人不能太完满,美中不足,马正志夜深睡不着的时候,是这么自我劝慰的。

马林最早是跟着马山一起去看电影的,追着放映队的脚步,最远走过十里地,晚上回家已是半夜。马正志说,两个孩子被电影勾了魂,看野了。马山活泼,做什么都放肆坦荡,他更喜欢看热闹的故事,打打杀杀,江湖世界,他决定去当兵,多少跟看多了电影有关系。马林安静,看电影不动声色,没有人知道他更关注背景,打马而过的侠客,他留心的是驿道和两岸青山。他经常做一个梦,被导演选中去演电影,演的总是不重要的角色,穿过青纱帐、芦苇荡去送情报,一路上走走停停,没有什么危险地完成任务,但路上的景色全部记在脑海里。放电影像外出巡游,风光是新的,电影也是新的。陈锋帮衬着把几本书和用品送回家,马林说放心,江湖再见。陈锋拍了他的脑壳一下,就是钻山沟儿,醒醒吧。

马正志拿出积蓄置办了一套衣服,的确良白衬衣,灰色鸡心领毛衣,蓝色棉质华达呢外套,沙漠色的涤纶裤子。马林等了小半个月才从裁缝家拿到泛着新鲜气味的衣服，母亲帮他浆洗一遍，新衣服更加挺括有型。母亲让他穿上出去走一圈，他说那样太招摇了，拖拖拉拉到天擦黑才出门。街上牛羊群、驴套车挤挤挨挨地返家，他边打招呼边侧着身子贴着墙穿过去。他们问，马林天黑了，还去哪里？马林指指天，去西边看看火烧云。真有雅兴，怪不得你去放映电影呢。

有人从身边过拉住他，捻了一下上衣的料子，啧啧，人靠衣装马靠鞍，真好看，不年不节的买新衣服，有喜事吧？马林说，没有，过几天去培训不能太寒酸。马林在池塘边站立了一会儿，月牙爬上半空，皂荚树倒映在水中，对面传来砰砰砰捣衣服的声音，鸭群噗啦噗啦爬上堤岸，赶鸭子的春哥咕咕咕收着手中的绳索，公路两边的杨树沿南北方向蜿蜒而去，风一吹飒飒作响，跟电影画面一样，好像这熟悉的风景都是新的。马林觉得自己那双大而闪烁的眼睛就是架摄像机，脑海中是咔嚓咔嚓的声响。

培训地点在城南技校，封闭培训两个月。骑自行车过去要两个多小时，马林舍不得穿新衣服，穿着日常衣服，车把上挂一个黑色提包，后座绑一个大包袱，吃穿用度都

清 歌

在里面了,一路上坡左冲右突,下坡风驰电掣。早上吃饭后出发,中午饭点才进城,一路打听找到那座三层灰绿色水刷石小楼的招待所。住进顶楼的标准两人间,同屋的茶杯敞开,半杯残茶,杯盖朝上放在床头柜上,衣服占满了半格柜子。他归置好日常用品,心里一阵欢腾,躺在雪白的床上有在云端的感觉,新换的被罩、床单,能闻到太阳的味道。拉开窗帘,远远看到一栋楼矗立在对面,在高大榕树的映照下,天空碧青,能模模糊糊看到五楼、六楼的住户,一个穿红毛衣的姑娘在阳台上远眺,闪了一下又返回房间。马林后来经常躺在床上看那个房间,看他们家飘动的窗帘,阳台上花花绿绿的衣服,偶尔到阳台上的那个姑娘,真像一个电影故事,但他想不出房子里面到底是什么情景。马林第一次萌发拍一部电影的念头,就是在这里,他想未来如果拍一部电影,就拍这个站在阳台上的红衣姑娘,她在等待当兵的男朋友归来,并且计划着去部队看他,姑娘的男朋友在战壕里偷偷看她的照片。晚上睡不着的时候,脑子里总是这个镜头,而男演员总是哥哥的形象。

两个月的学习生活严肃而活泼,老师讲解放映服务流程、放映设备的正确使用、故障维修、放映标准和规范,理论课是电工基础,讲如何安装电线,用汽油发电。讲台上一溜排开的是电影放映机、发电机、幻灯机、胶片,老师说,这些以后都是你们的随身物品了,众人轮流上去掂量一下,加一起两百多斤重。

电影公司的技术人员来现场指导,一百多人的大教室里,人头黑压压坐好,老师坐在正中央位置,摆一台照明灯,大家跷着脚张望那个明亮的点。老师笃悠悠架起16毫米放映机,打开胶卷盒,拿出一卷胶片卡在放映机上,放映机射出一束雪光投在白色屏幕上,光束中密密麻麻的尘埃越界欢腾,好像是它们形成了画面,在近处能听到胶卷与放映机摩擦发出哒哒哒的声音。马林脑子里闪现着那些他看过的电影,《铁道游击队》《上甘岭》《英雄儿女》《林海雪原》《小兵张嘎》《闪闪的红星》《少林寺》等,它们就是这么播放出来的,可是它们是怎么拍的呢?

马林站起来问,老师,电影是怎么拍出来的?轰的一阵笑声,老师清了清嗓子说,拍电影是艺术家的事儿,据我所知,需要导演、演员,还需要故事剧本,我们只管放电影,那些事儿可不是我们这些人想的。马林嘀咕了一句,想想又不犯法。他想如果这件事放在哥哥身上,他一定想到就去做，哥哥说过这个世界上人人平等，想到就能做到，他是马林认识的最有魄力的人。

二

六月，天气转热，大家照结业照片的时候都脱下毛衣，只穿白色衬衫，右上口袋夹一支钢笔。马林揣着红色封面的《电影放映技术资格证》踏上回家的路，骑上自行车把来时的路重新走了一遍，把一个又一个世界甩在背后，像电影中一闪而过的镜头。

马林第一次正式放电影是在傅村，影片是《年轻的朋友》，一起放电影的搭档是年纪大一些的老石。老石新中国成立后就做这一行，现如今年纪大了，爬树上墙挂幕布这些事做起来不利落了，但播放技术好到没话说，附近一带人人都知道老石。马林照老石的安排，将荧幕悬挂在两棵挨着墙壁的杨树上，扩音喇叭一边一个，发电机、放映机置于场院中间。已经是夏天了，人们吃过晚饭摇着蒲扇，带着水杯提前到广场上占位置。老石指挥小朋友拿着小马扎坐在前几排，年轻个高的坐后排，板凳、椅子陆续进场。也有另辟蹊径的，附近几家房顶上已经坐满了人，那边位置更高，无遮挡。老石跟接待的干部嘀嘀咕咕，然后找人在矮院墙底下铺了一层厚厚的麦秸。他对马林说，电影一放，远处的人来了没凳子坐，也挤不上位置，一般会坐那上面，放点麦秸，摔下来不会出事儿。

老石让马林跟自己并排坐在放映机前，电路顺利，备用发电机也没开。白光射在屏幕上的那一刻，马林内心晃动了一下，屏幕上咕咕噜噜冲出一群黑色的、白色的猪，扑向食槽，养殖户唠唠唠拿勺子敲打着个头大的，引导个头小的到边上觅食，人群响起一阵嗡嗡嗡的笑声。马林低着头听完广播腔的养猪常识，有点难为情，仿佛那些猪头污染了荧幕。老石路上跟马林交代过，第一次放映，也要点仪式，正式放映前让马林说几句。马林双手拿起话筒，清了清嗓子说，我叫马林，山前面红庙人，今天是我第一次放映电影，请大家多关照。下面播放的电影叫《年轻的朋友》，是个战争片，讲的是汽车运输排长郑冰与未婚妻赵丽丽、卫生兵赵真真之间的感情故事。幕布上沙啦沙啦出现五个字的片名，摇摇晃晃地出现字幕，马林坐下，话筒柄沾上他燠热的手汗。

马林几乎没有看进电影去,他第一次体会到立于光中间的感受,周遭一片模糊,仿佛有许多双眼睛盯着自己。他坐得笔直,盯着屏幕,荧幕上运输车在山间路上起伏,跟马林的心脏一个频率。中间换胶卷的时候,他才趁着拿胶卷的机会舒了一口气。几个女孩子站在旁边看他换胶卷,推推搡搡,一个圆脸姑娘差一点倒在他身上。老石说,你们离机器远点。姑娘们才嘻嘻哈哈地离开,走了几步她们集体转身叫了一声"周里京"。马林和老石直起身来,灯光照在他清秀儒雅的脸上,一股热流冲上耳梢。老石往后退了几步打量打量他说,头发和脸型像,你更瘦点。人群里有人尖着嗓子说,真像哎,比演员还耐看。马林所担心的屏幕雪花、播放卡带都没有出现,被叫"周里京"却像一个事故。之后好几年,马林都享受"明星"待遇,他一进村,一群小孩子叽叽喳喳围着他,女青年喜欢凑上前跟他聊天,连男青年也注意他的穿着打扮,他们问他衣服是什么料子,哪里买的。马林并不嫌烦,心里反而有点愉悦,他好像是第一次享受马山的待遇,被那么多人投来羡慕的眼神。

影片放完之后,女孩们围过来,帮着马林、老石收线打包。她们问马林这个电影放过几回了，马林说我是第一次看，老石说，看过三回了。她们问马林是哪里的，他说红庙。她们恍然大悟，说那你肯定认识马琴琴吧。马林说是我堂姐。圆脸姑娘说，我们是中学同学，我叫韩双。韩双说这个电影真好看，赵真真活泼可爱，演员也好看，赵丽丽太娇气了。马林不能停下手中的活，他更喜欢赵丽丽，他不想说，只是静静地听她们聊天。第二天，马林跟老石去西固留放《拔哥的故事》《铁甲008》，韩双带着昨天那群姑娘也跟着去看，一早就提溜着凳子坐在马林旁边。韩双带了五香瓜子，摆在放映机的桌子上，老石说姑娘真懂事儿，马林说谢了。韩双说这两个片都不好看。有个姑娘说，没有周里京嘛。她们笑成一片。

　　放完电影，老石说要去喝酒，村部里一干人等着，马林不喝酒，留下归置设备。干部们拉着老石先走，对马林说，上饭前一定要到。马林一个人爬到树上把披挂的电线捋顺盘好，姑娘们在底下说话声音高了一些，下次放个带周里京的嘛。马林说，要听上边安排。韩双说，有了好看的片子提前通知我一声，多远都去看。马林说，好，太晚了，你们赶紧回家吧。韩双说，答应得爽快，怎么通知我？马林沉了脸，不敢抬头。韩双说，你去电影公司拿片子每次都路过傅村的，公路边从南边数第一家，大门楼黑铁门那家就是。马林说，记住了。

马林的日子被一部一部的电影排满了，除了刮风下雨，他和老石一前一后骑着自行车，从密林区藏在山谷中的十几个村庄到丘陵上环山路直达的几个山村，再去沿着平原一字排开的十几个村庄。结婚寿宴，也有专门来请放电影的。两人一早往往需要补觉，中午回电影公司拿片子，冬闲秋忙，播放频率不一。马林一个月有四五次路过傅村，他远远看到韩双描述的那座房子，却没有停下来，排好的电影里没有周里京，也不是爱情片，女孩子未必喜欢。

转眼一年过去了，那天马林睡醒一觉，马正志说，有好事儿。马林说，什么好事儿？前天你不在家，傅村有个叫韩双的找媒人来提亲了，说你们认识。马林说，嗯。马正志又问，你觉得那姑娘合适吗？马林说，不合适，我还不想结婚。马正志说，说什么昏话。马林说，等我哥哥结婚了，我再考虑。马正志拿烟袋敲了敲鞋底，你哥哥有公事儿，一时半会儿回不来。马林说，我也有事儿没完成呢，我想拍电影。马正志说，啥？拍电影，那是没谱的事儿，放放电影就行了，拍电影那是国家的事儿。马林不说话，回房间看杂志。他从电影公司借来几本《中外电影》，里面有很多电影的故事梗概，马林边看边做笔记。马正志知道他看书的时候最不喜欢人家打扰，朝观望的孙秀红摆了摆手，摇摇头。

马林想过结婚的事儿，他脑海里想过那个红衣姑娘，但也就是一闪而过，跟韩双他是没办法去想，他觉得韩双太闹了。最主要的是，在他构思的那个电影故事里，没有韩双的戏份，而那个红衣女孩的生活，他又不了解，这让他懊恼，他有点后悔做放映员，确实跟拍摄电影没有一点关系。生活像个陀螺，总是在某些地方打转，他想把唯一有灵感的场景，写出一个故事来，然后拍摄出来，这可能是他离开目前生活的唯一渠道，而写这样一个故事需要别处的生活经验，很显然他无法获得这样的生活。马林经常被这种狗咬自己尾巴的问题弄得沮丧。

去傅村放电影的晚上，老石说，好久不见那个圆脸的丫头，不知道是不是出嫁了，马林只管蹬车不说话。老石说，挺好的姑娘。马林说，是。老石说，她父亲来家里打听过你。马林说，我还不想结婚。老石说，哪个男青年不想结婚啊？马林说，我先忙事业。老头呵呵笑了，我们这个事业，跟驴拉磨一样，往前转呗，有什么好忙的。马林不出声，蹬车的速度加快了一些，老石落在后边一截，喊了一句等等我，马林听见了却不肯停下等他。

车子停在老地方，除了老石还在路上，都是一样的程序，马林一件一件从箱子里往外搬工具，一回头，韩双站在背后。她拿一只白色的布包，丢在马林身上，说了一句不识好歹，扭头就走了。马林打开布包看到一双黑色毛线手套，红方格里衬絮了薄棉花，针脚细密，马上就用得上了。他看了看四周，等着看电影的小孩子，抱着凳子在场院里跑来跑去，老石佝偻着背在停车卸货，他揉了揉把手套塞在箱子的一角。那天韩双没回来看电影，电影放的是《心灵深处》，马林觉得韩双应该喜欢这种年轻人的电影，不来看挺可惜的。

三

马山去世的消息传到家里已经隔了两年。年年都能收到喜报和家信,家人根本没有想过电视上、报纸上发生的事儿跟自己家有关系。马林给爸妈朗读哥哥的来信,开头的家信写得比较详细,如何练操,如何野外集训,如何吃饭,认识了哪一个战友,性格脾气一一介绍,连外出接触到的老乡,都记录下来,讲给家里人。马林喜欢这种写信风格,每次回信都让哥哥多讲讲那边的新鲜事儿。有一次,拿到信,漏下来两张图画,马山第一次吃到荔枝和百香果,他知道父母、弟弟在北方没见过,就画出来附在信里,红色的皮做了剖面处理,露出白色的肚皮,"一骑红尘妃子笑,不辞长作岭南人",指的就是这种水果,甘甜多水。

> 百香果暗红色鸭蛋大小,治愈了我的嗓子发炎,就是太酸了,妈肯定吃不了。无论如何,我回家一定带几颗让你们看看。

中间有一封信写他跨越一座叫药王谷的山,绿荫蔽日,就像在树林的迷宫中,深达几百米。沿着可容一人侧身通过的山路下去,谷底开阔,外边晴天,底下却是湿漉漉的。悬挂在对面山上的瀑布飞流直下，拍击谷底，突突突的声音像是机关枪，青翠的蜂鸟穿来穿去。一位战士差点滑下去，掉进水里就会丧命，我一把拉住了他，生命和山林一样壮丽美好。马山特别写了几句话给弟弟：此处风景美不胜收，不可言表，你将来一定要来看看。信封上的地址不是南方，也不是哥哥当兵的城市，马林沉浸在南方腹地的想象中，却没有一张合适的地图能让他找到这座美丽喧闹的山谷。家人收到的最后一封信，只有几句话：最近一切都好，饭食不错，班长待我也好，总是鼓励我学习，说以后有机会考军校，弟弟要加油，我们的梦想都会实现。直到那位被马山拉住的战士来到马家，他们才知道那一沓信大多是提前写好了的，让战友按月寄回来的。

当地政府最先知道消息，尊重死者遗愿，瞒了一段时间，村干部知道消息，也瞒了一段时间，抚恤金是按照奖励发放的。家人中马林第一个知道，他们把他叫到一间办公室，由一男一女两位干部郑重其事地宣布了这件大事。女干部说，马林请节哀，家里还有两位老人需要你照顾。男干部唉了一声说，有什么困难，请一定提出来。马林陷在那张椅子中。他脑海里浮现着马山活泼的样子，他初中的时候解答出一道六角螺丝帽的面积问题，周围的人都给他鼓掌，马山蹙起眉毛看了大家一圈，说，很简单嘛。马山不知道，从那个时候起马林就认定哥哥是这个世界上最聪明的人。三个人枯坐了好久，马林打破了寂静，他说我回家。回家的路上，马林沉重的身子翻不上自行车，他不甘心又试了两次，都滑下来，只好一路推着车子走。那时候，太阳西斜快要下山，天边的云红一块、黄一块连接着灰色的团块，不时有认识的人路过，他们看不清马林的脸色，马林觉得自己的脸色跟天空一样。六里路走了半个小时，来人跟他打招呼，马林，车子坏了吗？马林说，是。来人跳下车子说，需要我帮忙吗？马林摆了摆手说不用，你先走。他多希望有人能帮上忙呀。

马林决定不跟父母说，如果可以，他想一直瞒下去，他并不相信马山真的离开了，活生生一个人怎么可能说走就走呢。说不定他流落到一个峡谷里，那里有一对父女救助了他，伤愈之后他才会去寻找回家之路。也有可能他失去了记忆，现在正处于复苏记忆的过程中，总有一天他会想起从前的痕迹，他的从前多么灿烂明朗呀。晚上，马林偷偷打开马山的一封封信，重新读一遍，对着照片，想象他的样子,他肯定变了很多。别人都说他是个天才,难道天才真不寿吗?他做过一个梦,马山就在他拍摄的电影中,驾驶着一辆越野车从山崖上跌落下来,马林大叫着醒来,马山在梦里也死去了,这是个不好的征兆。

马正志知道后,直接昏倒在地,醒来以后身体瘫了一半,他说我就知道自己没有这么好的命。最后知道的是孙秀红,女人比男人坚强,她一边照顾马正志一边流泪。半个月时间家里好像没有人活着一样,彼此都不说话。马林很少回家,电影放到哪里,就住到哪里。老石说,马林,你结个婚吧,对家里都好。马林点点头说,请师傅操心。老石说,多个人家里也热闹一点。韩双嫁给了马林,马林那年二十四岁。马林戴着那副黑色的毛线手套去放电影,把摘抄和写作的几个笔记本捆扎好放进箱子里,他没找到拍电影的门路,而他电影中和生活中的男主角却消失了。

马林老老实实尽儿子和丈夫的本分,他好像是突然醒悟,拍摄电影几乎是缘木求鱼,没有专业背景,也没有资金来源,连故事都没写好。他笔记本上都是一些脑海里的画面,没有人物和故事。从前他没想过这些,他想等他的故事写出来,等他准备好,马山一定会帮他解决那些不可能，马山甚至都有可能带他离开这个地方。一年后家里添了一个胖乎乎的儿子，缓解了马正志和孙秀红的丧子之痛。马林上班放电影，下班做农民，跟着腿脚不灵便的父亲学习耕地、扬场，看起来有模有样。马林在放电影的空闲时间，经常会想起马山，但他几乎拼凑不起他的样子，好像离得十分遥远，看起来面貌模糊。有时候他又感觉生活中好像从来没有这么一个人，而如果没有这个人，自己也就不存在啊，真是矛盾。

傅村盛夏的傍晚，又一次迎来马林和老石，播放的是《战争，让女人走开》。穿短裤背心的少年，穿花裙子的少女，咿咿呀呀的儿童，摇蒲扇蹒跚而行的老人，还没来得及换洗泥裤腿的中年人，从喧闹坐到静默，除了那束聚集着无限浮尘的光，一切都像被施了魔法，注视着彩色跳跃的画面。刚一开始，看电影的人群中就有啜泣声。没有人知道他们想起了什么。战争来了，女人们收到了命令，离开此地，小朋友在火车轨道上蹒跚而过，战士在产房外静静等候。电影的最后，阳光洒在一群女人身上，好像包裹起来一般，有种金色的温暖。马林也哭了，他仰起头忍住滑落的眼泪，看到头顶上群星闪烁的清亮天空，他觉得哥哥是其中一颗星星，那一天他理解了心事浩渺连广宇的意思。第二天去电影公司拿片子的时候，他顺了一张海报，回家贴在自己床头，前排是几个女人英气的面孔，背景是一队模糊的军人。马林想起第一次放电影，遇到韩双和几个女孩子，她们都喜欢赵真真，只有他喜欢赵丽丽。马林心里跟赵丽丽一样懦弱，即使主角都活到最后，他也不喜欢，他希望生活是风光片，不是武打片，也不是战争片。

在傅村一带放电影，韩双会带着孩子住到娘家，连着看几天电影。几年后《人生》播放的时候，韩双说，男主角像马林。老石说，找了个演员样的男人结婚赚到了。韩双并没有觉得赚到什么，她说马林除了好看和会放电影，也没其他本事了。那时候，有一些人开始做生意，外出打工，也有人养鸡养鱼成了万元户，放电影的收入基本没变。马林放电影已经进入驴拉磨的阶段，蒙上眼罩就向前走，但有时候他会猛地打一个激灵。方圆几十里地谁都知道电影放映员马林，在马林摸摸索索装配或者归置工具的时候，听到观众群里老人们拉家常，他们说到马林，总是提到马山的往事。他们说马山，那么有前途的一个年轻人，能说能写，天下没有他不能做的事儿，天不怕地不怕，也就是胆子太大了，才那么早丢了性命。另一个人说不能这么说，是赶上命运了，谁叫那时候发生那些事儿，那么小的孩子呼啦呼啦都去了。一个人说还是胆子大，一般人可不敢过去。另一个人说由得他自己吗？他们发出唏嘘的声音。马林听到这些就觉得自己不再是自己，而是马林和马山的合体，他一会儿想做自己，一会想做马山。

姥姥是家里最喜欢看电影的，年纪大了就爱图热闹。看《战争，让女人走开》的那天，我是被姥姥牵着过去看的，心里一百个不愿意出门。我不喜欢哭哭啼啼的电影，打仗总会死人，死人会让他的亲人伤心，这个伤心还会连着我们这些有血有肉的普通人。我爸爸跟我讲解的时候说，这种现象就是推己及人，"老吾老，以及人之老；幼吾幼，以及人之幼"。我宁可留在家里看电视剧《大西洋底来的人》《神探亨特》。在家里看电视没那么多熟人挤在一起，掉泪不会让人觉得不好意思，还可以免遭蚊虫叮咬。我爸爸更懒得去看电影，他一周回家一次，回来吃完饭就躺在床上，妈妈骂他挺尸，他也懒得回嘴，不一会就打鼾。妈妈说做好饭伺候几口子吃完，收拾洗涮，喂猪喂狗，电影都放到一半了，累得就想一个人看会儿《魔域桃源》《血凝》，说得电视就像机器人一样，可以给她按摩解乏，其实她就是边看边啪嗒啪嗒掉泪。傅村人家家都闹着买电视，一定有他们的道理，但还是有人愿意看电影，他们会念叨马林和老石好久不来了，不知道有没有新片子。

　　看电影的人不像从前那么热情了，播放频率也不再固定，时有时无。看电影的人少了，村里也不再愿意付钱。马林有一次播放香港僵尸片，年轻人边看边怪叫，吓得孩子们哇哇大哭，父母无奈抱回家。还有一次荧幕上一个女人披着浴巾从卫生间出来，浴巾突然滑落，人群里一阵嗡嗡声。我姥姥这种老太太坐不住讪讪地回家，她嘟嘟囔囔说，现在电影没以前感人，都是些乱七八糟的片子，马林瞎放。马林最后一次在傅村放电影是《霹雳舞》，好久没来，观众看电视看太多也有点乏味，突然放一场电影，也会有一些新鲜感。荧屏上出现几个外国爆炸头的时候，能听到啧啧啧的声音，音乐太响的时候，有人忍不住咳嗽，有人嘟囔一句太闹了，电影没放完老人们就哈欠连天。我们这些坐不住的男孩子，出乎意料地坐到最后，第二天早上，上学路上就有人模仿手臂折断的舞步和机器人木偶月球漫步的动作，姥姥看不惯，爸妈也觉得怪里怪气的。学校门口的店里流行霹雳舞手套，我也闹着跟我妈要钱去买，姥姥说现在电影都带坏孩子了，真没看头。

电影放映员的身份也变得越来越可疑。上边更新了播放设备，有时候放电影，有时候播放录像。马林和老石都觉得播放录像的技术太过简单，就是个彩色大电视，来回换个碟片，他们习惯了放电影。那时候马山曾经救过的那个朋友来信约马林出门到南方帮他做事，马林思来想去，辞掉放映员的工作，到南方去了。老石承包了放映设备，开始了自己的个体放映，放映一场电影30元，主要是为婚嫁寿宴定制。老石喜欢放国产电影《少林寺》《小花》《天山上的来客》《妈妈再爱我一次》，那几年这些片子总是颠来倒去地放，我看了不下三四遍。

四

我姥姥喜欢念叨马家的事儿，多少有点酸葡萄心理，她的潜台词就是，你们看看人家的孩子。她先说马林那传奇般的哥哥马山，然后说马林做放映员的故事。我姥姥也比较现实,她看起来更喜欢马林,她对着我讲普通的孩子也得做个有心人,生活中处处都可以学到本领,未来有了机会,你才可以抓住。马林就是这样成为我的偶像的,我认定他也具有神奇的能力,将来一定可以拍出伟大的电影。后来姥姥不那么待见马林了,一则他放的电影她越来越看不懂,二则马林去南方以后,家里几乎再没见到过他的身影。但她还是一样念叨这个人,说他从前怎样闷着劲儿想追上他哥哥,他爱学习、追时髦、放电影,到处都有姑娘想嫁给他,说着说着就变成唠叨那些过去的日子。

后来听说,马林在广东一带倒卖衣服,早期特别辛苦,马林一个人熬着,过了几年,韩双带着孩子一起过去,后来借助朋友的关系,生意做得相当不错,还资助过老石一套电影放映设备。一家人落户昆明,又生了一个女孩。他们住的地方,应该离马山归宿之地不远。他的消息越来越少,他与我们的距离,跟马山与我们的距离差不多远。姥姥去世以后,我几乎没听谁再提起过这个名字,当然这也与我越来越忙有关系,我已经好几年没回过傅村了。

初二那年的建军节,老师带我们提了油和面,去慰问马正志。按照辈分他是我表舅舅,别人都喊他爷爷,我躲在人群中看他灰白的鬓角，也跟着轻轻喊了一声爷爷，就像喊一声能安慰他一样。老师说，同学们要主动帮助马爷爷，比如他提着重物，你要上前去分担一点；比如他过大马路，你要看着来往的车辆，过去扶一下。老师让我们围坐在马正志周边唱歌，我们唱的是《我们的祖国是花园》《听妈妈讲那过去的故事》……我们越唱越激烈，搜肠刮肚你方唱罢我登场，到最后我们几乎想不起什么歌来了，有人唱出《八仙过海》来凑数，我唱了一首"你拍手，我拍手，大家一起拍拍手；你唱歌，我跳舞，大家拍手来伴奏……"

这首歌是我看马林放映的电影时学会的，电影名字叫《霹雳贝贝》。一个叫贝贝的男孩有一种超能力，手上带有电波，跟美国的超人似的。这个技能给他带来了一些麻烦，比如他不能碰触同学，电波触到人手跟针扎似的，这让贝贝在学校里很难交到朋友。而且手上的电波还会闯祸，过马路的时候他心血来潮，对着红绿灯一阵发射，瞬间让马路上的人们陷入混乱；他还可以让钟表上的时间倒流，让讨厌的老师赶紧下课。闯祸的贝贝被爸妈关在家里不许出门，如果出门双手要一直戴一副绝缘的红手套。这个技能也不全是坏事，它还能用来见义勇为。在公共汽车上，一个小青年与老奶奶抢座位，贝贝悄悄摘下手套，惩罚了小青年。那时候我每天做梦都想拥有贝贝那种技能，梦里我都在喊贝贝，神奇的贝贝。电影中贝贝双手带电的事，被科学家知道了，人体科学研究所把贝贝接去，准备进行研究。贝贝在研究所想家、想学校、想同学，他的同学们和小狗黑利把他救了出来。他们跑到长城上去呼唤那个让他变得神奇的宇宙人，宇宙人一直没有出现，又冷又饿的一帮傻孩子，靠在城墙根一起睡着了。睡梦中贝贝被一个奇异的声音叫醒，把他引向了一个陌生的地方，宇宙人走下来跟贝贝打了个招呼。贝贝喜极而泣，他对宇宙人说，我不愿双手带电，我希望做个普通人。宇宙人紧紧握住贝贝的手，他惊叫起来，晕了过去。最后一个镜头是在医院里，贝贝在众人的注视中苏醒过来，他终于变成了一个普通人。

放完电影那天晚上，马林借宿在我们家。早上起来，我被他说话的声音吵醒，爬起来跟他蹲在窗户底下一起刷牙洗脸。他问我喜欢哪一部电影，我说《霹雳贝贝》。他说，喜欢它什么？我说，我想有那种特异功能。马林站起来摸了摸我的头说，我也喜欢这部电影，贝贝千方百计要变成普通人，我看还是普通人比较好。这是我最后一次见到马林，我呆呆地望着他挂满水珠的脸从脸盆里抬起来，我递给他白色的毛巾，他把毛巾盖在脸上，摁了几下，转身挂在绳条上。他打开一个盒子擦护肤霜，一股浓烈的香气扑鼻而来。完了之后，他又打开发胶朝着往后梳的头发喷撒白色喷雾。最后他扭过头来，一边用手指捻一捻卷曲的头发，一边冲我一笑，小家伙，你有自己的宇宙人吗？我原来有的，不过他死了。他摸了摸我的头，记住啊，做个普通人就好，长大了到南方来找我。我当时陷在一种对偶像的崇拜情绪中，马林绝对是一个神奇的男子，我们此地的男人都粗粗拉拉的，我爸他们一辈子也没有认真梳洗过自己。我手足无措地低下头，错过了机会告诉他，谁是我的宇宙人。后来想起那个时刻，我才明白，他已经做好到南方去的准备了。

有几次在上学的路上，我遇到马正志，他已经认不出我来，只顾拄着拐杖往前走，手里拿着一个红本本，去政府领补贴。他耳朵已经聋了，走路的姿势拖沓得让人心焦。有人大声问他，吃饭了没有？马正志像没听见一样。没几年马正志和孙秀红也搬到南方去了,这里就像从来没有这么一家人。后来我读了大学,有几次出差经过昆明,我爸辗转找到马林的电话和住址,他说以前那么亲的关系,应该去见个面,最后我也没去。我爸永远都不能理解,每个人都有自己的宇宙人,宇宙人收回特异功能后就只剩下普通人。

本地英雄

> 一位本地英雄,在废弃的停车场上,唱歌,玻璃晴朗,桔子辉煌。
>
> —— 北岛

认真生活这件事,一旦打开想象的翅膀,会跟最初的预想逐渐偏离,生长出自己的因果链。按照图片的设计,梁宇沿着黑色栅栏的脚线装饰上白色枯山水,同城网购了一批多肉植物。为了放置多肉植物,整个下午她都在打磨一个不用的旧书架,去掉沉迹和油漆,重新裸露出木头的原色和纹理,这味道让她忍不住想置换一批原木书架。辞职之后的人生,变得亟须一些填充物,却总是被何林制止。家就是个休息的地方,他双臂交叉对她明示,家里禁止大兴土木。

梁宇递给他一本家装杂志,专栏上的一段话梁宇用黄色荧光笔做了记号:"装饰生活的细碎哲学——那种雨丝沁润土地后绿色藤蔓缓慢扎根的感觉,洗衣机、冰箱、地板,连书架、灯泡都是隐秘地建立与空间、自我的感情。"何林啧啧两声:"读起来费劲。"梁宇转到阳台懒人沙发上刷美剧,何林在楼下戴着耳机打网游,家里有两个人的安静,黑色拉布拉多是家里的唯一躁动物,楼上楼下来回串门,跟开了步行散热器似的,又好像是互通声息的信使。它习惯中午趴在何林座下地板上眯半个钟头,站起来抖一下身子,透过阳台玻璃打量下面来往的行人。虽然有点不敬,梁宇总想起在傅村敬老院墙根晒太阳的爷爷,他的眼神就是这样,跟静止了一般,盯着来往的路人,却什么也没看到,人家跟他打招呼,他也没反应。等它猜猜叫的时候,梁宇会停下手中的事儿抚摸一下它的头,它摇尾屈膝地平复下来,一只七岁多的寂寞中年狗。周末晚上六点以后,家庭日程表上不允许看电视、打游戏,两个人换上外出服准备出门遛狗。

一

茶几上的手机震动起来,发出闷闷的嘟嘟声,梁宇看了一眼屏幕上闪动的阿拉伯数字，未被存储的号码她向来都是不理会的。等电话再次固执地响起时，她才放下手中的狗绳，揿了接听键。熟悉的往昔透过电话的变声，传递到耳膜上："是我。""我"字被她咬得高亢而有延音，梁宇知道她是谁。这个世界上总有一些人和声音，藤蔓一样缠绕着树干，越过冬季的寒荒在下一个春季返青，周而复始。梁宇讲了很多年标准的普通话，细听之下，还是带着一丝微弱的乡音，在急促的语气词和感叹词的尾音上。梁宇在脑海里迅速做了一个加减法，从2003年算起，已经15年没有见过面。

"没想到是我吧。"令箭甩过来一种故作轻松的语调，舒缓了梁宇的部分紧张。她叹了口气："什么风把你吹来的呀？"她们同时笑出声来。从前她们总喜欢说这个句子，模仿家里的大人们，配上夸张的表情动作，表演给那些登门的不速之客，亲热中带着一点挑剔。她们用常见的句式一一问候了家里人，梁宇说自己在假期中，孩子去参加夏令营了；令箭说年前在婚礼上见过她的爸爸，这次她是来上海开一个年会……问答零零碎碎，深浅不一，却无法获得彼此重要的信息。何林每次临出门都会上厕所，进去了就折腾一阵子，说不定会捯饬一下发型。梁宇有几秒钟特别渴望吉多躁动起来狂吠两声，或者哼唧哼唧，好让她从这场谈话中抽身出来，她不知道接下来该说什么，记忆壅塞住了时间。

在傅村，时间像乏味的大钟敲打着每一天，无始无终。最古老的一排住户是依山而建的，令箭的姥姥家和梁宇的奶奶家隔着长长的巷子首尾相望。村庄整体下迁，越过一条条巷子，抵达宽阔齐整的平地，挨着宽阔的马路顺势而去，第一排房舍不情愿地抛锚在老时光里。巷子不规整地前后相连，后面院子抵着前面邻居的后墙，而平屋顶的堂屋，侧面连着后邻居的西厢房，身手矫健的少年可以在房顶上畅行无阻，就像那群鸽子咕咕哝哝，从一家房顶突然跃到另一家。两排房子之间的胡同是儿童乐园，热闹的时候他们在那里过家家、跳房子、丢沙包，安静的时候在胡同里躲藏着，等一个脚步声走近，跳出来大喝一声，哇哇！奶奶捂着心脏，一副吓坏的样子嘟囔着："吓得我心里七上八下的。"他们的嗓子永远不会疲沓，尖叫闹腾。饭点是寥落时刻，被妈妈们的叫喊催回家，不情愿的孩子最后被拎起耳朵回家。清早，令箭顶着一头乱发，跑到梁宇床前，捏着鼻子叫梁宇起床。她们沿着山路爬到半山腰去寻绛紫色的龙葵，它们隔天就成熟一批，鼓鼓囊囊塞满两个裤兜，吃得一嘴青紫，像涂了滞销色号的唇彩。回来的路上，她们随性踢踏着路边野草，露水打湿了布鞋和裤脚，沾在脚踝上，从下往上传递着凉气。她们冰冷的手拉在一起唱："好朋友一起走，谁先离开谁是狗。"后来，她们都离开了，傅村荡平成一片广阔的农场，从前不复存在。

令箭说她刚下飞机，马上跟朋友一道去酒店。梁宇听得到周围嘈杂的交谈声中有人远远地叫她的名字，便说："你先忙，我们保持联系。"于是约定加微信再聊。放下手机，梁宇透了一口气。何林接过绳子牵着吉多下楼，说："明天贺师傅上门处理露台栅栏，我让他十点左右过来。"梁宇说："这事儿得缓一下，有一个老家的朋友叫令箭的路过上海，我想请她来家里聚一下。""之前没听你说起这事儿呀！"何林推开楼门，回头补了一句，"你很少带生人来家里聚餐，我不是说来家里不好，毕竟我不懂你们那里的风俗。""谈不上什么风俗，就是心意吧。"梁宇说。何林说："老早的朋友，不要请到家里来，这么多年多少变化呀，兴许谈不拢，外边随便找个雅静的地方喝喝茶聊聊天，一天就过去了。"梁宇说："你是怕打扰你打游戏吧。"何林敲一记梁宇的头说："不识好人心。好心提醒你，无事不登三宝殿，注意安全，尤其是金融安全。好像第一次听你提这个人的名字。"梁宇跟他提起过令箭的事儿，只不过没有提她的名字，就事论事是容易的，特地加一个名字需要很多附加程序，她略过了这种程序。

他们互相赠送的第一个特殊的礼物，是彼此的周岁照。何林家里只有一张周岁照，特别去影楼找人重新制作的，梁宇觉得分享童年照是一种隆重的表示，于是也把周岁时的一张照片做成一幅炭笔画附在一本书里给他。梁宇就是在这个阶段，给他讲过一段令箭的往事。令箭妈妈在生了一个女孩后，特别盼望二胎生个男孩，于是在生二胎的当头，拒绝去医院生，躲到娘家找了相熟的乡村医生来接生。妈妈天生虎气，觉得第二遭生孩子没什么可怕的。从宫缩到听到孩子响亮的哭声，顺风顺水，但结果不遂人愿，令箭妈妈放声大哭，家里的男人们惊起身又颓唐地坐下。旁边等着抱孩子的神婆踮着小脚，打起帘子跑到厢房说："得了！这个丫头跟我有缘分，我带走。孩子以后要进城了，那家是个双职工家庭，以后都是好日子。回头您肯定能再生个称心如意的。"临出门，襁褓里的令箭大哭不止，令箭姥姥心里酸涩难忍，一把抢过来说："不送了，我养着，好歹是条人命。"何林听完之后说，这在重男轻女的农村是常有的事儿。梁宇讲这个故事，是因为彼时他们在旅途中相识，倾盖如故，白首如新，她第一次领略到命运中的偶然。一个动念改变了一个女孩的命运，令箭的妈妈后续又生了一个女孩，从此认命，但已通人事的令箭却拒绝跟她回家，一心跟着寡居的姥姥。从浪漫的角度上看，梁宇与何林的相遇也是天意如此。

梁宇和令箭一样，都是想把偶然转变成必然的人。令箭妈妈认命之后，就想把令箭带回家自己养，她又一次猜错了谜底，令箭不肯回去，她要跟着姥姥。最初是习惯了跟姥姥相依相守，后来舅妈顺口说了一句"我认你当女儿算了"，令箭心里记下了这句话，她喜欢这个有男孩的家。当天晚上去问姥姥，能不能给舅妈当女儿，姥姥说你舅妈随便说说的，哪能当真，你爸妈也不同意呀。令箭说，我不管他们同意不同意。之后，令箭在舅妈家做事格外上心，她把空酒瓶排得整整齐齐，舅妈一伸手她能准确地递上笤帚和簸箕；舅妈甩手擦汗的时候，她递上毛巾。令箭满眼里都是活儿，做起来也有模有样。舅妈却再也没提过要她做女儿的事儿，她的确就是随口一说。几年后令箭去舅舅家的热情才散了，她跟梁宇说起这事儿一脸淡漠，低头的瞬间补了一句："这些大人都该死。"到了读书的年纪，全家总动员劝她回家，先是变着法儿劝她回家，后来就骂骂咧咧，妈妈一边打她一边哭，这都没有改变她的想法。她叛逆的种子好像就是这一年种下的，她偷姥姥的钱到隔壁村的小卖店挥霍一空，她放火烧过舅妈家的厨房，拿起一块砖头对着嘲笑她的人直接开瓢。傅村人都说令箭小时候多好的一个孩子，现在越长越瞎材了。令箭跟梁宇说："我就是吓唬吓唬那些大人。"

1990年夏天，令箭姥姥在睡梦中没有醒来，令箭只好回父母家读书。令箭回家之前有一段时间，家里大人顾不上她，她睡在梁宇家。令箭有一次郑重地说："以后你是我在世界上唯一的亲人了。"梁宇说："你还有爸妈呀。"令箭叹了一口气。

令箭回家后，她们总是阴差阳错地见不到面。小时候有大把的时间一起挥霍，长大了握在手里可以自己支配的时间总是捉襟见肘。1996年夏天，梁宇考入市区的高中，令箭初中毕业升了技校。令箭骑自行车来梁宇的学校,门卫在把梁宇带出来的路上嘟囔了一句:"你怎么跟这种孩子交往?"梁宇说:"哪种孩子?"门卫朝门口努了努嘴,令箭那时候挑染了头发,穿一双松糕底大头皮鞋,松垮的牛仔裤,背对门口站着特别扎眼。她们在门口聊了一会儿,令箭说:"技校生活没意思,女孩子学电焊砌砖,我没啥兴趣,我要去闯世界。"梁宇说:"去哪里呢?"令箭说:"我安顿下来会和你联系。"她递给梁宇一个日记本,封面是绛紫色的,扉页上是蜗牛一样歪斜的字:"送给我的亲人和朋友:玻璃晴朗,桔子辉煌。"梁宇说:"你怎么变得这么文艺了?"令箭朝她羞赧一笑:"从书上抄的,意思挺好。回吧。"

那时候她们都不知道什么叫伤感,梁宇径直回到教室,没有回头。稍后几年里,她偶尔想起这一幕,有点后悔没好好看看她的背影。令箭的消息从傅村人的各种渠道传到梁宇耳朵里:她跟执意让她读技校的爸妈闹翻,跟姐妹反目;她在酒店被傅村人偶遇与一帮男人调笑,却假装不认识;她跟人到南方做洗头小姐,找了一个有钱人;等等。所有的乡邻们包括梁宇的父母,他们都作息规律,吃相差无几的饭菜,喜欢谈谈仁义道德,讲究门当户对的;

他们慈悲仁爱，在葬礼上不加掩饰地啜泣或号啕，在婚礼上释怀开心，看到路过的乞丐忍不住要递上一碗温热的汤饭。但这些都不是他们的全部，他们怎么拜佛修心都难以抵挡爬高踩低的内心热情，他们以唏嘘感叹咀嚼别人的影子，打发聚在一起的时间；他们愿意无事生非，被短暂的交集和快乐蛊惑，越走越远。

他们都喜欢判断句和假设句：令箭那种女孩子究竟是命不太好，都是女孩子，姐姐妹妹都好好的，小时候跟梁宇形影不离，只有她这样。如果从小在爸妈跟前养着肯定比现在好；如果当初送了人，不知道现在过得多体面。令箭带回新交的男朋友，寄来新样式的服装、奇奇怪怪味道的食品，令箭的舅妈穿着它们走在街上，分发那些袋装零食给街上的人们品尝，人们边吃边评点令箭不该带不像样的男人回家。令箭就像一束散开在高空的烟花，在傅村夜色里明明灭灭地闪耀，也闪耀在梁宇的夜色里。

二

2003年暑假，梁宇接到研究生录取通知书后在家歇伏，家里进进出出，一样还是那些人，但梁宇好像找不到过去的感觉了。那是一段难熬的日子，她隐隐觉得这是在故乡的最后日子。叔叔帮忙找了一份兼职，周二、周四骑车去一个高中辅导班教物理和数学。辅导班办公室租用了技校的教学楼和一间办公室，里面堆了半屋子的书报、碟片，梁宇上完课就在办公室跟另一个老师大雷看电影碟片混下午的时间，踩着晚饭点回家吃饭，有时候他们也一起在校门口的春天食府吃便餐。大雷是大三在读生，也是办班老师的帮手。办班的老师全市教学点各处跑，大雷负责这个教学点的大部分工作，联络家长、清点学生、安排课时和准备材料。年龄相近的梁宇感觉又回到了大学校园，两个人一道出入，一起处理辅导班的杂物，生出一点额外的亲近感。

那天下午，他们看的电影是《没事偷着乐》。梁宇不是第一次看这部电影，上一次是毕业旅行时与何林在一起看的，他们在甘南一家网吧里遇到，结伴走过很多地方，留下了很多记忆，其中就有这部电影。她非常喜欢它的英文名字，*A Tree in the House*，又诗意又心酸，空间的闭塞就像那间办公室。电影静默的片段，她能听到另外一个人的呼吸声，这一点让她意识到他们之间如此迫近的距离。她知道接下来有亲热戏的镜头，便起身去添了一杯水，然后轻轻地开门出去走了一圈，等她回来的时候，电影差不多已经播完了。

大雷邀请梁宇一起出去喝冰啤酒。他们沿着长山街往里走，他指着一排崭新的白色两层楼的欧式商业街对梁宇说，那条街傍晚才营业，来的都是外地人，本地人不好意思去。梁宇给了他一个微笑，大雷打住话头。他们在那排建筑的边线位置停下来，夜市开场还早，摊位也还没拉开，大雷自助开椅座，熟练地坐下来，从自助冰柜里拿了两听啤酒。店里的风扇孤单地摇晃着，发出呼啦呼啦的声音，大雷走进去敲了敲前台的桌子，趴着睡觉的女人站起来，给他点单。他们好像很熟悉，能听到隐约的笑声，大雷转身的时候，她用菜单在大雷背上拍了一记，大雷转身出来，右手在空中给她打了个响指。

梁宇内心一颤，好像发现了一个秘密。大雷回来后，微带笑容往后靠在椅背上，双臂朝两边摊开，手里拿着一瓶罐装啤酒。阳光西斜，被楼宇遮住了强度，散射过来的昏黄光线打在他头发上，面孔显得特别立体而凸出。梁宇发现大雷的表情和长相有一种成年感，衣服也是，从这个角度看特别像叔叔下班回家，瘫坐在沙发上。

　　梁宇没有认出令箭。她一只手端着羊肉串，一只手提着两扎啤酒，动作有点变形，一边走一边喊，哎哎哎，稍微让开点！梁宇站起来往后撤了撤椅子，躲出半步远，令箭哐当一声放在桌子上，盯着她看了几秒钟，一掌打在她手臂上，怎么会是你！天气炎热，令箭化的妆晕掉了，黑色的波浪鬈发生硬地圈住了脸，颧骨顽固不变地凸起，腮部明显凹陷下去。由于背光看不清她的眼睛，笑意澎湃让她说话的声调提高了两个分贝，聒噪而夸张。接下来的时间，大雷除了吃喝，一句话也加不进来，梁宇也没说几句话，几乎都是令箭在说。她说她的表弟梁宁离婚两次了，第一次是在临近婚礼的一次旅行中闹崩的，婚礼没有举行，但糟心的是领了证，房子是两家父母合买的，房本上写了两个人的名字，男方出首付交月供，女方家出装修费，房价涨了，现在还掰扯不清楚。第二次是因为始终生不出孩子，原来以为是女孩的原因，后来查出来是表弟的问题，女方干净利落地离婚走人。第二次离婚后令箭问舅妈，要不让我跟表弟结婚算了，我不嫌弃他。她说这话的时候，梁宇拿眼扫了一下大雷，他好像没在听她们聊天。梁宇说："令箭还没杯子呢。"大雷起身进店拿杯子。梁宇说："搞得我们像生活在原始社会似的，还近亲结婚！"令箭麻利地撕咬了一口羊肉串，口齿不清地咕哝一句："我愿意啊，我愿意怎么办呀。"

令箭把头靠过来，撩起刘海，让梁宇看她的眼睛。梁宇往后闪了一头说："不要化眼妆，显得脏脏的。""谁问你这个呀，我缝了双眼皮，你仔细看看。做完之后，肿痛了一个星期。缝了双眼皮之后不敢回家，爸爸跟我断绝父女关系了。""就这点小事，不至于吧。""你不知道的，我爸爸后来发了，但脾气也坏掉了，喝酒打女人样样在行，抱怨我妈妈生不出男孩子，她都绝经了，还能生孩子？"梁宇记得令箭爸爸冬天的样子，穿一件短大衣，戴灰色耳暖子，到令箭外婆家送面粉和白菜，他身材不高，从巷子里推着自行车出去，笨拙地翻到自行车上，歪歪扭扭朝北方移动，她想象不出他发财以后什么样子。

梁宇当晚没有回家，大雷护送她们去令箭在寺北柴的房子。穿过粉红色的街，在十字路口令箭回转身，指着一个烧烤店背面墙上挂着的死寂灯箱让梁宇看。它的边框锈迹斑斑，连外墙都显得斑驳疏落，在灯光的映照下，天空有一种浅透感，灯箱上"久久红"的字迹还能辨认出来。令箭说："以前这里是家酒店，地面上看没什么，进去还有一个地下层，被我堵死了。从前生意特别红火，好多附近县市的男人都开车来，那时候没人不知道它。'久久红'的招牌是这条街上最显眼的，别家都是粉红，就它做成吸血鬼那种红。去年夏天，一个女孩被灌酒，胃出血死了，有人说酒里下了药，有人说那女孩早就有病，死在地下室，要多恐怖有多恐怖。老板夫妇连夜关门跑路了，这间门面算是租不出去了，都成鬼屋了。这家店做别的恐怕不成，做个烧烤厨房，店面晚上拉到街上，不碍什么事的，日子久了谁还会记得这些旧事，租金便宜一半。"梁宇浑身冒出鸡皮疙瘩，一步也不想再回去。

　　夜里他们在令箭的房子里喝了好多酒，喝多了每个人都爱讲话。令箭先讲姥姥在出生时刻从神婆手中夺下她的故事，接下来她说虽然姥姥打骂，她还是觉得那是亲，爸妈弥补性地照料她，但就觉得疏远。大雷说自己爸爸妈妈老早离异，他根本没见过爸爸，抚养费一次性付清。他觉得生活中有一种遗憾，没有经历过家庭生活中的纠纷，家里总是安静的，一个人早起收拾房间和院子，晚上坐在沙发上接绒线，隔着厨房玻璃看到妈妈切肉，她不是用力剁一下，而是磨来磨去跟坚韧的肉纤维对抗着，妈妈连半夜醒来的哭泣都是吞声的。梁宇说自己爸妈性格不合，小时候特别担心他们哪一次吵架就离婚了，年纪大了之后反而希望他们离婚。这话她在家开玩笑地说过一次，妈妈当场摆脸子哭了，梁宇傻在那里，不知道怎么办。

爱情故事，全是令箭在说。大雷靠在沙发背上，微闭着眼睛，梁宇怀疑他有一阵已经睡着了，被她们的笑声惊醒后强撑一会儿。梁宇一开始听得认真，令箭的故事对上了傅村人的闲话，有一些是虚的，有一些确有其事。梁宇盯着对面墙上的钟表，已经十二点，窗外高空的灯火陆续暗淡下来。令箭讲话的声音低了一些，她伏在梁宇的胳膊上，好像这一切只对着她一个人讲。令箭隔一会儿摇一摇梁宇，她不希望梁宇睡着。梁宇一把搂过令箭的头，打了一个哈欠说："你在我耳朵边上絮絮叨叨，我能睡着吗？"

"没睡就好。你也讲讲嘛。"

"我没什么好讲的。"

"不愿意跟我讲？"

"不是,明天再说吧。我想睡觉。"

"我的爱情故事就那么乏味?"

"唉,那算什么爱情故事呢。"

"怎么就不算了?"

"那也太随便了点,一次又一次的。"

"所以你的更高贵一点,不愿意告诉我咯。"令箭说这句话的时候,提高了一倍的音量,盯着梁宇,也扫了一眼眯着眼睛的大雷。每个人都醒了,带着被动醒来的怒气。

"你不知道傅村人怎么说你的吗?"

"我会理他们怎么说我吗?一群穷光蛋,酸葡萄。"

"你不是去闯世界了吗,怎么混到那种世界中去了呢?我看过那个'久久红'的新闻,那不就是小姐嘛!"

大雷说:"别胡说了。"

梁宇转向大雷说:"你也知道的,何必假装。"

令箭说:"都不要假清高了,读书清白什么,你爹妈替你吃了多少苦,你爸爸一个月在工地上能挣多少钱,你自己不清楚吗?轮得到你说我吗!"

梁宇说:"你的钱怎么来的,你这间房子怎么来的,别以为我不知道。"

令箭直接把啤酒罐丢到梁宇头上,泡沫黏腻腻滑到脸上,梁宇拿了包起身,被大雷按住。令箭说:"不要拉她,她没胆走夜路。"大雷把令箭推到阳台上,梁宇看得见她仰起头对瓶吹的背影,大雷伸出手去夺了几次,都没拿到,酒瓶滑落下去,砰的一声。她甩开大雷进屋,说:"梁宇,你从来就瞧不起我,跟他们一样。你不要忘记小时候是谁在你爸妈吵架的夜里安慰你,是谁跟你一起走大半夜路去看电影,是谁帮你暴揍那个烦人的同桌。"梁宇说:"是了不起的你!"本来是要狠的一句话,迎着令箭的目光,梁宇没控制住不争气的眼泪。

令箭见不得梁宇哭,她们重新抱在一起。半夜变成另一个开始,梁宇不能喝酒的胃,填充进冰冷的麦芽香气,她吐得一塌糊涂,被他们扶到床上一头栽倒就睡着了。那是梁宇人生中极不得体的一次经历。她被尿憋醒的时候,下意识摸了摸手机,屏幕上刺眼的4点让她出了会神,她踢踢踏踏地打开灯,摸到厕所,出来之后她才发觉其他两个人不在房间里。梁宇接下来没有睡着,她打开窗户,盯着楼下静寂的胡同第一次抽了一支烟,烟草味回旋在口腔里,辣喉咙也让人清醒。天色放亮,雾霭散去,宝蓝色的底放大了天空，七彩光束中看得到灰尘飞舞。令箭提着豆浆和油条拐进胡同，头发披散着，白底碎花的睡衣皱巴巴地黏在身上。令箭进门把早餐扔在茶几上，倒在沙发上，说了句"我在外边吃过了"。

大雷跟梁宇说经常去令箭那里吃夜宵，自然就熟了，就是熟而已，连她的名字都不知道。梁宇说，没想到这个世界这么小，通过你能再遇到令箭。大雷再看碟片就戴上耳机，梁宇不再自然地坐在那里，彼此变得客气了一点。梁宇大部分时间都去墙角的杂物中翻看报纸，有一沓码得整整齐齐的废旧《齐鲁晚报》，副刊连载《永不瞑目》。梁宇之前看过同名电视剧，然后又一集不落重新看了一遍。那天梁宇看到的是卧底肖童在房顶上大声朗诵，站在房顶上对着天空，用纯洁而一尘不染的嗓音朗诵："我们每个人都热爱自己的母亲！因为母亲给了我们生命、养育和温情。而我们又有一个共同的母亲，那就是我们的祖国。她有悠久的历史、灿烂的文化和壮美的山河，是世界文明发达最早的国家之一。然而在我们中华民族漫长的生存历程中又充满了灾难、危机、坎坷和厄运。因此天下兴亡，匹夫有责，就成为我们中国人代代相传的品格，上下五千年，英雄万万千，壮士常怀报国心，黄沙百战穿金甲，不破楼兰终不还，这就是每个龙的子孙永恒的精神！"短暂的刺痛感穿过梁宇的身体，像蚂蚁爬过心脏，梁宇第一次发现高声朗诵里面的美感：空阔辽远的天空下，一个内心激动的人，面对一个陌生的世界踌躇满志。梁宇感觉周围的世界看起来确实存在却又虚空，肖童那个看起来不真实的世界对她而言却是真切的。

梁宇有两个星期时间几乎每天都住在令箭家，跟小时候一样。白天不上课的时候她和令箭睡到中午起床，到店里备料，晚上大雷过来吃喝，打烊以后三人在寺北柴溜达，一起看碟片，在港片打打杀杀的声音中，昏昏欲睡。大雷有时候睡在沙发上，有时候半夜起身回家。令箭说："你们俩都不用出去挣钱，我能养你们一辈子。"梁宇说："太好了，我申请永久居留。"大雷说："我也不走了。不用上班不用赚钱，混吃等死。"

八月初，梁宇回家看到提前开学通知书，她知道这段日子该结束了。令箭铺开通知书盯着红色的印戳，哈了一口气："读书果然了不起，这玩意儿我今生无缘了。"梁宇说："你有钱啊，有钱能使鬼推磨。"他们打打闹闹，晚上通知大雷，周三去傅村玩一天。三人骑自行车沿康王河一路向西，行人稀少，硬化的道路平稳通畅，有时候是令箭和大雷并排，有时候是令箭和梁宇一条线。碧青的岸堤，河水清澈透底，砂石水草一眼望穿。

到达傅村，他们直奔山脚那一排老房子而去，绕道背面可以一步跨上令箭姥姥家的房顶，站在房顶向下看，是参差的几排安静的新房子。旧房顶上布满了干硬的青苔，令箭铺开黑白方格的垫子，打开后座上的保温餐盒，拿出切好的水果、沙拉、卤鸡翅、鸭舌，还有一瓶红酒、三只杯子。一阵北风吹来，苍莽的山间林地和一人高的谷草晃动着向外延伸，远处的青山仿佛抖动了一下。梁宇说："我只喝过啤酒，除了一股泔水味道没啥感觉。我爸爸爱喝白酒，一喝就醉，醉了必然吵架。喝红酒是城市高雅人的爱好，第一次喝红酒感觉马上就进入高雅人的世界了。"大雷说："大城市白领才有那种爱好，我们小城市人也不喝的。"令箭絮絮地说了很多小时候的事儿，大雷没什么兴趣，拿石头投树梢上的麻雀。梁宇跟大雷说："你看看底下那所院子，令箭在那里长大的。"大雷说："跟我老家没什么两样，我对那儿也没感情。"令箭远远看到一株龙葵，紫得耀眼，她拉大雷朝那里奔去，梁宇朝他们的背影喊了一句："我走了以后，你俩就相依为命了吧。"大雷说："你不走，我们也相依啊。"令箭回头说："神经病又犯了。"其实梁宇心里想，老家的人永远在一起住着也挺好的。那一天，他们吃了久违的龙葵，颗粒没有夏季那么饱满，味道有丝酸涩。令箭说，夏至以后，龙葵发酸。酸涩是秋天的气息，他们都感受到了。

在梁宇家逗留了一会儿，大雷兴致不高，回程途中他沿着另一条支路回家。令箭进门，踢掉鞋子，栽在沙发上，闷声闷气地来了一句："你觉得大雷怎么样？"梁宇说："也就那样。""那你觉得我跟他怎么样？"梁宇说："还行，只不过他毕竟是个大学生。"令箭说："那我也不在意，大学生毕业回来分到县级水泥厂一月一千块钱，不够我烧烤店两天的营业额。"梁宇说："不是那么回事儿，他还没毕业呢。"令箭说："我有房子有店，我愿意等他。"千金难买我愿意，梁宇无话。

第二年八月，大雷毕业后留在重庆一家国企工作。令箭打电话过来跟梁宇哭诉："大雷白白吃住在我这里，说走就走，一点都不留恋。"梁宇说："我早提醒过你，你们不是一个世界的人。"令箭说："他那个世界真有那么好吗？"梁宇说："谁知道呢。"令箭问："咱们这里到重庆有多远啊？"梁宇在手机上定位查询了一下告诉她，有1500公里，她说以后有时间了想去看看。"以后去"基本上就是不会去。

三

梁宇订了一家本地口味的私房菜，令箭说想尝尝本地特色。出来电梯到包间的路上有一个隐形的斜坡，梁宇踩空崴了一下脚，心里骂了一句这个鬼地方，右脚啄食似的点着地，检查一下有没有出问题。令箭高亢的声音在身后响起："我没认错吧，是你吗？"声音在走廊里回荡出更高的声浪。令箭比微信照片明显胖一点，大号单肩包，阔腿裤遮住了腰身，玫红色的高跟鞋，蓝色低领衬衫露出白色的脖子，比从前圆润了。令箭从前总是乱穿衣服，在杂志和电视中追踪时尚的余波，变了形的时尚，傅村人总是嘲笑她不洋不土的品位。令箭迎着梁宇的目光说："你没怎么变化嘛。"梁宇喝了一口水说："哪能没变化，我们都多大了。"

梁宇点了草头、鸡毛菜、糟凤爪、蒜枣大黄鱼、野生河虾仁、蟹粉豆腐、红烧肉、本帮老鸭汤等，台子满满当当。令箭说："听说这边生活精致，真不是虚的，摆盘都不满，菜占一角，萝卜雕花和紫荆花占一角。"梁宇等着令箭拍完照问："烧烤店还做吗？"令箭说："早不做了，现在做保健品，差点忘了，还给你带了一套。"梁宇瞟了一眼陌生的包装，塞进包里，顺手从包里拿出备好的一款花茶礼盒回赠她。"听你爸说，你是做高科技的？"梁宇说："刚从原单位辞职，今年发现996有点承受不了，休息一段时间。前一段时间全职带孩子，孩子出去夏令营了，刚消停几天。"说到孩子，梁宇打开手机让令箭看女儿的照片，八岁的女儿穿着奇妙仙子的衣服，后背有黄色魔法蝴蝶翅膀，在草坪上做出飞翔的姿势。这张照片是抓拍的，她拿来做过手机屏保，也曾贴在学生手册的首页过。令箭也打开手机说："我家的两个孩子，一男一女齐全，不是我生的，老公前面妻子的。"梁宇看了一眼两个孩子，男孩是圆脸，朴实而健康，女孩子害羞地含着下巴。"谁的孩子不重要，谁带跟谁亲。"令箭回说："可不是嘛，我就跟我姥姥最亲。"

梁宇捡一块红烧肉到令箭碗里说:"你后来见过大雷吗?"令箭说:"地震那年,我担心他出事,找到地址去看了他一趟。他正好在震区出差,家里人都吓得不轻,前两年他妈妈也搬过去了。"他们聊起很多认识的人,令箭的姥姥、舅舅一家、父母姐妹,梁宇的奶奶和父母,谈到每一个人都免不了唏嘘感叹,接着一阵沉默。老鸭汤凉了又热一次,一顿饭吃了三个钟头。在停顿的间隙,梁宇忍不住庆幸听了何林的话,在外边聚一下好像更合适。如果是三个人,气氛会放松一点,三个人总比两个人有话说,她还记得以前她们两个人跟大雷在寺北柴吃吃喝喝的日子。但梁宇知道何林肯定不会来,他不喜欢高嗓门的女生,也不喜欢听别人说家长里短,他喜欢带着警句的腔调说话:你不要指望叙旧,也不要去参加什么同学聚会,叙旧总会以恶心结束。

两个人聊一聊停一停。梁宇问了一句:"你来找我,有没有其他事情?"令箭抬头看了梁宇一眼说:"没有没有,就是来看看你。"梁宇拿纸巾拭了拭嘴巴,把面前的盘子向里推了推,这顿饭吃得有点超量。她抬起头第一次长时间看着令箭的眼睛。令箭扭转脖子，朝服务员摆了摆手，说："说实话，我就是想看看你过得好不好，有没有别人说的那么好。"梁宇两手一摊，靠在沙发上说："喏，你看到了，就这样。"说这话的时候，穿暗红色上衣的服务员已经在收拾盘盏。梁宇想说再坐一会儿，但已经来不及了，令箭回转身拎起了那只硕大的黑包。

梁宇送令箭回去。宾馆在机场附近大概三公里的位置，从高架下来，就像进入郊区。冠名国际的宾馆坐落在一个半新不旧的大型小区裙楼里，楼房样式是欧陆风情，远远望过去是大小不一的洋葱头尖顶，红白、紫白、蓝白的搭配，可惜外墙被雨水冲刷出弯弯绕绕的水纹，像盘踞的蜈蚣。门口横陈着一条市场街，的士过不去，梁宇只好下来走。这地方原来是生活广场，临近年关，搭起了集贸市场，除了古镇，居民区罕见有这种架势，花花绿绿的儿童玩具，红字贴标减价的中老年服装，鱼头、带鱼、鱼片、虾米、黄花菜、南北干货满溢在面前，风吹起来，鱼虾的腥臭味迎头扑面，搭着防晒棚的店铺一格一格蔓延出去鼓鼓荡荡。穿过整个集贸市场，梁宇看到了宾馆，金色门面雕花栏杆，这种感觉真熟悉。

梁宇回到家，好像有什么东西被抽空了，一阵疲惫。八点档电视剧开播，她蜷到沙发上，打开手机随意划拉了两下，看到令箭新发了聚餐的照片，十张PS之后白亮净透的脸呈弧形排开，对着镜头微张着程度不一的嘴巴，有人着晚礼服，有人举着香槟酒，相同的是都围着薄透的纱巾，颜色有水红、裸粉、海洋蓝，像一起批发来的。往下翻动是一张明信片，碧蓝色的海洋中，有一艘白色的帆船。"当你该养精蓄锐时，不要着急出人头地；当你该刻苦努力时，别企图一鸣惊人；当你该磨砺心智时，别妄求突然开悟。你的基础打得越牢靠，你的过程走得越完整，你的努力坚持得越长久，你的成才更容易。""三件让人幸福的事：有人爱，有事做，有所期待。愿你保持对生命的爱和热忱，把每一天都过得热气腾腾。"

梁宇把图片和文字拿给何林看，他鼻子哼了一声："做微商的吧。"梁宇收回手机，何林补了一句："搞得跟富商似的，明明就是微商嘛。""我们还不是小市民，哪儿来的优越感。"何林在关书房门之前，探出头说了一句："你受什么刺激了吧，莫名其妙的。"梁宇先一步甩上卧室门，占据先机，随后她听到同样的声音响起。翻开令箭的朋友圈，她一条条扫过：频谱床垫，冬暖夏凉，净化空气祛除螨虫；晚安神帽，淋巴排毒，防辐射，安神助眠，改善头疼头晕，缓解颈椎病。梁宇平时看到这类花里胡哨的图片和真真假假的鸡汤文，大部分都会自动略过，现在把图片和文字换上令箭的语气在脑子里过一遍，跟那些夸张了功能的消费品之间好像有了一些亲缘关系。

在两个房间都紧闭的空荡荡的家里，梁宇非常后悔没有邀请令箭来家里坐坐。或者至少应该陪她到处走走，她想应该再打个电话邀请她来家里一趟，20公里是傅村到寺北柴之间一次往返的距离，梁宇数次骑自行车往返两地，谈不上遥远。转念又想自己不会开车，又害怕单独跟她坐在计程车后座上，各自在脑海里拼命寻找话题。梁宇记得给女儿念睡前读物的时候，看到过一本科普读物，书里说龙葵其实不能食用，吃多了会中毒。傅村中的一代代人，小时候都吃过龙葵，却没有一个人死于它的毒手，他们都粗粝地长大而安然无恙。但是此时，她并不确定他们是否真的安然无恙，不知道他们能否像诗里写到的本地英雄一样，在停车场唱歌，看到玻璃晴朗，桔子辉煌。

三友记

欲待曲终寻问取，人不见，数峰青。

——〔宋〕苏轼

老家装了WiFi之后，我固定在周一和周五下班后跟爸妈视频聊天。视频打开，坐在沙发上吃零食刷微博，顺手也翻翻杂志，一边听我爸妈两个人轮流到镜头前跟前说话。我妈保持着稳健的画风，一次不落地问我晚饭吃的什么，在哪里吃的，自己做的还是叫外卖。再继续她一般就找不到太多话题，需要换我问问题，她来回答。没话说的时候，她擅长一边做饭一边给我展示食材。包饺子的时候她最兴奋，不厌其烦地拉近镜头，展示她的馅料和成品，跟美食主播一样。我爸的生活稍微宽阔一点，他喜欢交代自己的行程。他说村里早上开过搬迁的动员会，我说你怎么想的，他说我就随大流，别人走我们就走，反正不做带头的第一个。我妈呵呵笑，说你爸一辈子就这样。我爸接着说，昨天去老寨一带参观了全自动化的蔬菜大棚，一个造价30万。我赶紧给他泼冷水，有那钱不如去县城买一套房子，以后去医院看个病什么的还方便。他说黑峪那边的旧村石屋农家乐开起来了，我说每个房子里都有好几代鬼魂，谁有胆住进去啊。我和我爸聊天总是背靠背，聊不到一条道上。我妈进入包饺子的程序，就开始聊亲戚家的动态，表弟表妹家的孩子年底出生，又要随两次份子钱，份子钱年年涨。表姐家的早餐店生意太忙，十岁的孩子送到寄宿学校，我妈就此唏嘘感叹，现在都是要钱不要孩子。我爸原来上班的扬水站改造成养鸭厂以后，小姨、姑姑在那里上班，最近封闭式管理，一个月才可以休一次班。她声音提高一个分贝，说跟你们读高中一样，老了老了反而不自由了。

爸爸移动了一下手机镜头说，不要扯这些闲话。上次你微信发的水滴筹，还记得吧，信运做了手术说是好转了，回家来还请了几桌客，没几天就走了，年纪跟我一般大。妈妈叹了一口气，你爸总给你说这些没用的，生死有命哦。我心里酸了一下。爸爸离开镜头去泡茶，视频里空荡荡的，我听到水哗啦哗啦流进茶杯里，他推开门清了清嗓子，方桌上骨碌骨碌擀面杖的声音也是闷闷的。妈妈拿起手机对着一笸箩整整齐齐的饺子，说你截图发微信晒晒，让亲戚们看看咱家今天吃三鲜馅饺子。过年这一段时间，亲戚们没办法走动，换成在朋友圈云聚，三五不时地晒自家人喝酒吃饭的视频和图片，一时间好像再没有别的生活，其实热闹背后生老病死一样没停歇过。

几个话题翻来覆去，每一次都会划拉到生病这个主题。我爸颈椎疼了会说过几天让信运给推拿一下，我寄回家的保健药品，他会拿过去让信运鉴定指导一下，信运不懂英语，扫了扫二维码说是正规保税仓发货的，他才放心食用。前年爸爸胃炎严重，不得已去医院做了各种检查，回来后他忙不迭把拍的片子、药方拿给信运看。医院开的药吃完了他自作主张让信运开药，他觉得这种慢性病不是大毛病，信运完全可以处理，不必再去大医院复查。

中秋节，我们正聊搬迁的事儿，因为新造的房子有电梯，家里人都坚持要换电梯房。他突然唉声叹气，信运真命背，估计住不上新房了，肺上长了坏东西，还差一年就退休了。爸爸妈妈一般不主动提这些事情，这几年爷爷奶奶那一辈大部分人都走了，父母一辈也陆续离开，说起来都是伤感。无意中说到一些人的名字，他们才会淡然地说起那些不可更改的生老病死，每逢此时都是相对无言，匆匆收了线。他们好久没有提到信运。春上，爸爸外出淋了雨，回来感冒发烧，他说孙伟下药比较轻，十来天了还没好利索。聊天中第一次出现一位年轻医生的名字，我心里明白信运的情况一定不好。

上次见信运是2013年夏天，我考完编制回家。太阳像后羿时代一样能量翻了九倍，傅村最勤快的石青夫妇都歇在家不出门干活了。我爸爸说两个人平常就像老黄牛一样，天不明就出工，热的时候头上盖着湿毛巾，修整土地、拔草、施肥、浇水、给棉花打岔子、给蔬菜搭架子，心里眼里全是活，晚上披星戴月地回来，好像地里有金子，村里人都说他们又傻又痴。那个夏天，人只要迈出房门就被热气团团围住，知了的叫声困倦无力，唯一的盼望就是黑夜来临时刻的凉意，实际上一天的酷晒之后，凉意也打了折，但好歹躲开了火球太阳。

比燥热更让人难逃开的是我妈，家里出来进去多一个人，好像彼此都不适应。她把我每天的时间安排得满满当当的。起床后她叫我到门口候着流动摊贩买油条、烧饼，还提着小钢筋锅去买豆浆，差我去小店里买扎啤、西瓜、蔬菜、油炸花生米，去邻居家借酵母、新碾的小米、水桶、手电。这些活都不算什么，我最不想做的差事是去买肉。走路过去距离有点远，骑自行车也需要七八分钟。最主要的是，从我们住的这一条街穿过去至少可能会遇到一两个邻居；路过淀粉厂，上下班的时候大概每一个人都认识，非上班时间做保安的舅爷爷一个人在门口晃来晃去；然后必须经过垂柳依依的池塘，那里的树荫下是村民的健身娱乐广场，蹲坐着六奶奶、小四川婶婶、看孩子的启程老婆等一群人。我常年不在家，遇到谁，少不了要停下来絮说一番。

　　信运听到说话声，从广场旁那排瓦房里撩开门帘走出来，他挂着双拐，招手叫我过去。这排房子原来是一排商店，卖手机、农药、种子，后来都倒闭关门空置了，现在是临时诊所。他指了指路背面的院子说，原来的房子到处漏水，趁天晴正在维修呢，进来坐会儿。诊所里总共三个医生，都是熟识的，一一打招呼。房间比原来那间局促，座位摆放跟原来一样，信运和振国的办公桌对在一起以夹板隔开，振国的桌子迎着门，方元的桌子隔一条过道靠窗，窗台上有两盆海棠，隔着翠绿色的防蝇纱窗门可以看到路上稀疏的车辆和行人。

信运问我，不年不节的怎么有空回来？我说休假回来看看爸妈。他说你倒是孝顺，回来了没见着你人影，在家待着干吗？我说在家看看闲书。他问我看书能来钱吗？我说书里又没有印钞机，哪里来钱？你一个月能拿多少工资？毛估估，也就一万块，开销大，刚能温饱。他说，听你爸爸说你考编制了，有把握吗？我说没什么把握。他呵呵一笑，你这么说，估计八九不离十，你说话稳，不把话说满，跟看病一个道理。

读小学那几年，是我身体素质最差的时候，逢着换季变天，都要到卫生室打针拿药。他们那时候还在自己家开卫生室，分布在我家的三个方向，信运在东方，振国在北方，方元在南方。不同方位的病人就近选医生，三个医生三种风格，也会按照自己情况各取所需。方元性子温暾，擅长小儿科；信运下药比较重，急症一般找他，看得准，恢复得快；振国稳重，家里老一辈儿是中医，擅长慢性病和调理，颈椎病、胃炎、老病都找他瞧治。二十世纪九十年代以后，本地人口越来越少，家庭卫生室合并起来，乡村医生被集合在一起，按照基层医院的方式运营，他们每天签到上班，也随叫随到出诊。高中寄宿一个月回家一次，公交车终点在诊所门口，信运每次都招呼我进去坐一会儿，说大学生来跟我们聊聊外边的新鲜事儿。我说，不要这么叫我，考不上大学人家会笑话我。他们三个人都相信我早晚能读，一年不行再复习一年呗，时间又不值多少钱。没病人的时候，信运和振国一个在喝茶，一个在翻报纸，方元经常对着大马路发呆，有时候拿起花洒起身莳弄两盆海棠，信运坐久了也会费力地站起来到门口打望一会儿，跟来往的路人打几句哈哈，抽一支烟。短袖T恤衫变成长袖衬衫，夹克外套变成棉袍皮衣，身体夏季消瘦一些，秋季一过又有点臃肿。院子里的夹竹桃开花，凋谢，变成直愣愣的枝丫，茶杯里的绿茶变成红茶，除了几声哈欠，好像一切都是静的，光景日复一日。

一

诊所里没有重病号，注射室里躺的是最严重的病人了，也不过是头疼脑热的毛病。诊所里都是相熟的人，躺着输液不妨碍扯闲篇，看个病五分钟，可能聊十分钟才走，看完病不着急回家，到输液室里闲坐一会儿。方元一般会出面"驱赶"，不舒服还不回家躺着，都是感冒发烧的，别被传染了。病人更愿意跟医生聊，夏天养生吃什么，冬天保暖喝什么，年纪大了多吃豆制品，少食红肉，少盐少糖，嘴里说着晓得了晓得了，下次来还是这些话题，不在于说什么，而在于说，抚慰人心变成了村医的一项义务。医生们闲生怪，每个人都爱耍嘴皮子，这是诊所里闹的部分。

方元是诊所的门面，利索齐整，长了一张干净的瓜子脸，跟小朋友打交道多，脑子里备着些稀奇古怪的招数儿，逗弄怕打针的孩子。去他家打针，他先是喝住，别动，看我的手，白皙修长的手指在空中上下翻飞，左右摇晃，比画一阵，问这是什么字？我随口说那是一个天空的空。他轻叹一口气，说你的学问还是没长进，我只要伸出手一比画，我儿子马上就能猜出那是什么字。他从来没公布过答案，我也没有一次答对过，盯着他问答案，他让你回去仔细想。他还喜欢聊成绩，这次考试数学得了多少分，我说八十八分，他说我儿子得了九十分，昨天回家被我打了一顿，不得一百分他不配做我的儿子。方元的儿子很聪明，但傅村人都怀疑他吹牛，你说多少就多少咯，谁还真去查你儿子考几分啊。有一次我得了满分，方元愣了一会神说，我儿子数学奥林匹克竞赛得了一等奖，一般数学考试题目他早就超越了。被比得一败涂地，我在方元家大哭。就像沿途令人绝望的登山运动，好不容易爬上去天黑了，前面还有数十座更高的山峰。被比得大哭又成了一个把柄，接下来又被他念叨了好几年。你还记得吧，上次你比不过我儿子，当着那么多人的面大哭，哈哈哈哈。那笑声毁了他的面孔都浑然不觉。振国和信运也跟着笑，只不过笑得厚道一点。成年之后，问他以前在空中比画的到底是什么字，他说乱写的，哪有什么答案，哄小孩子的。

  方元家在傅村最平坦的一条胡同中，但他家宅院高门高阶，进去之后有分门别院的几家人，原本都是他家的老宅，后来分散给本家的另外几户人家，另立门楼围起小院墙，样式材料相差无几，进去像个迷宫，小商小贩一般都不愿意进去，只在大院门口吆喝。大院足足有十亩地的场面，晚上敲打大院门，房间里基本听不到。很多次晚上大院的敲门声响起，犬吠连成一片，方元却没有出来应诊，只得去找振国。傅村人说他资产阶级习气，不喜欢人家半夜打扰他。白天方元听诊、开药、包药，打针，动作娴熟轻巧，一气呵成，跟城里医院的医生相比也不差什么，傅村人又原谅了他晚上不出诊。

方元家的高宅大院像个传奇，他妈妈更是一个传奇，方元是传奇的儿子。我爸爸那一辈都称呼方元妈妈科婶，我们叫她科奶奶。科奶奶是西乡地区大地主的女儿，嫁给傅村地主科爷爷。科奶奶娘家是当地大汉奸，有没有作恶傅村人也讲不清楚，但他的确威武了一阵，腰里驳壳枪不离手。日本投降后，傅村人举报他在山林里藏匿武器，这事到底有没有，无人证实。"文革"期间，群众威逼着科爷爷交出藏匿的枪支弹药，他交不出只好上吊自杀，科奶奶就疯癫了。科奶奶平时干净体面，衣帽服饰跟常人一样。她看书看报纸，说话头头是道，懂法律，连火车上的乘警都被她蒙骗过关。她只要心里不平就去北京，背着轻便的青色包裹，去告迫害她老公的村主任，也去告对她不够恭敬的儿子，一分钱不花几次来回北京。她是傅村去北京次数最多的女人。

我六岁的时候，感冒发高烧引起肺炎，姑姑带着我去方元家打红霉素。方家的院子，有飞檐斗拱像古代社会，从院门到房间小心翼翼地走了好久。房门两边是两个小藕池，砌着两砖高的围墙，荷花开得正艳，七八条耀眼的红鲤鱼，在荷茎间东游西逛。姑姑拉着我走进堂屋，横贯堂屋有两条装饰用的红绳子，绳子上满满的都是毛主席像章，各个年代各种版本的，大小不一。门砰的一声关上，绳条缓缓晃动，像章发出丁丁零零的碰击声，像黑暗中的音乐。房间暗暗的，八仙桌旁坐着的科奶奶悠然地抽着烟袋，闹毛病了呀？她用烟袋指指方元的房间，姑姑嗯嗯啊啊打个招呼，方元出来带我进房间打针。红霉素并不是红色的，他拿纽扣大的砂轮沿安剖瓶颈周围点划一圈，轻轻一掰，玻璃瓶盖脱落，啪的一声掉在备好的医用垃圾桶里，吸入注射器，在尖细的吱吱声下推出空气泡沫，折磨着耳膜。酒精棉凉丝丝的让人清醒，细小的针头扎进我的皮肤里，心脏一紧刚要大嚎一声，已经结束了。姑姑让我到堂屋静候观察半个小时，她在方元的房间聊天，嘭的一声带上门，只听到嘀嘀咕咕的声音，不知道他们说什么。

傅村人都知道，姑姑想嫁给方元，医生能种地还能挣现钱，但我奶奶不同意，好好的姑娘怎么能嫁给疯子的儿子？科奶奶大部分时间是正常的，但发起病来，跳脚骂人，谁都拦不住。暗影重重的堂屋只有我和科奶奶，她取下两枚像章给我摸一摸，一枚茶壶盖大小，蓝底金色人像；一枚纽扣大小，红底金色人像。"你看到了哪里有这种像章，记得送给我，我要集齐所有的像章。"

她倒一杯开水，放进一枚牛奶糖，拿一只调羹在碗里搅来搅去。我内心像被刀扎了一下，一颗高甜的糖，被这个疯子给浪费掉了。姑姑不出来，我只好硬着头皮喝完那碗寡淡的糖水。科奶奶戴有吊坠的银耳环，头发梳成一个圆髻盘在后脑勺上，发网饰有红色暗花骨朵，头发油亮纹丝不乱，清瘦的脸庞上星星点点的斑点，像烟头烧的疮疤。她幽幽地说，你以后长大了也做医生，不论什么世道，吃五谷杂粮就会生病，治病就需要医生。

方元支走了母亲几个月，骗过媒人和上门相看的姑娘，才娶了一个外乡女人。方元说，空间距离远的男女结婚，后代会更优秀。果然，他儿子考上哈尔滨医科大学，他高兴了好一阵子，走路都唱，唱的是京剧《沙家浜》，傅村人都说听着就有精神气儿，适合他。2016年，方元六十岁，办了退休手续去带孙子，全家搬到一千公里外的城市。他在微信上发带娃的照片，跳操的视频，当然也发养生保健知识。方元太忙了，一直没回来过。傅村人都说，多少因为他老子和娘的事儿，方元跟傅村隔着心，但他看病没马虎过，十足有义气。

二

振国跟方元、信运相比人很闷，有人叫他圣人蛋，圣人跟普通人有距离，而蛋是农家男孩常用的贱名，把他从圣人的位置上拉下来。他几乎不笑，也很少聊家常，除了看病的问询之外，他说得最多的话是"好的""行""就这样"这种肯定性的话。如果心里是否定的，他掉头就走，或者低着脑袋不接茬。除了夏天，他习惯性穿休闲西装，里面穿白色衬衫、白色T恤，冬天是灰色鸡心领毛衣。傅村人都说，振国是讲究人，内外有别，只要出门必有一套装扮。他不吸烟也不喝酒，骑雅马哈劲豹150，从街上穿梭而过，咚咚呜呜，有一种跳跃的动感。振国宽脸庞，下巴上布满新鲜的藏青色胡楂，有人看娱乐新闻出来讲，振国长得像山口百惠的丈夫三浦友和,但他孤身一人,家里没有山口百惠。

二十世纪九十年代的乡村医生算高收入群体,医药费贵,进医院难,感冒一次打吊瓶输液动辄几十块,全是自费。傅村附近有一所高中,秋冬季节流行感冒,学生成群结队地来吊盐水。振国家特别有人情味儿,他置办了十几张病床,供人坐着、躺着,还找了女邻居给需要的人做一点简单的饭菜,一时比医院都受欢迎。他跟方元、信运相比更能把医务作为事业,客厅就是医务室,里间才是他的卧室、饭厅。他在傅村已没多少亲戚朋友,唯一的姐姐随军跟姐夫去了新疆石河子,全家落户那里,来家里找他的都是病人。

振国家在胡同底部,大部分人家盖房子都选马路边的新宅基,振国在这一点上极为保守。他家的房子深深地藏在胡同里,院子维持着旧装配,院墙与邻居家一种样式,夹墙并用,院子中央一座石砌的水瓮,水瓮上搭一花棚,四时鲜花不断。他只翻盖了旧房子,建成六间宽敞的套房。西厢房窗前种着一株高大的夹竹桃,如果在夏季,夜晚的灯光下,艳丽的红色特别出挑,夜来香气扑鼻。地上刚洒了水,泛起燠热的气息,红色胶皮水管平躺着,噗噗地冒着细小的水柱,充满湿漉漉的清新和神秘。

振国有二亩地,原来看病不耽误种地,先种小麦再套植玉米,一年两季。麦收的时候找邻居帮忙,一次性收割停当,一整年都去磨坊磨面粉自己吃。傅村人都不买精粉面,他们说精粉面吃了长脚气。他们深爱没加工的面,做出的面条和饺子皮是白中带灰的健康色,特别筋道。种植玉米从前是为了养猪,需要一个个掰下来,用脱粒机脱掉玉米粒,碾成玉米糁做猪食。后来大型养猪场驻扎进本地区,个人不再养猪,玉米只能直接卖给粮食贩子。粮食价格多年来上涨有限,振国越来越觉得种玉米是一个累赘,索性转给邻居耕种,一年到头收五百斤面粉了事。振国不缺钱,长相也排场,但他一直单身。有人说婚恋跟庄稼一样,一茬过去了,就换下一茬,过期了就没有配对权。二十多岁的时候,他短暂结婚过,老婆生孩子的时候不幸去世,他大为哀恸,好多年不允许他人提再婚,慢慢地此事就淡下来了,单身变成常态,好像世界本来就应该是这个样子的。众人多少为他惋惜,他并不在意,窝在舒适的小窝里,治病开药打针,根本不管外边的世界,傅村人看不懂他。

振国四十五岁的时候再婚，与他结婚的女人是一矿工的遗孀。二十世纪八十年代中后期，一批傅村人出门寻路子，找生机，有人跟着亲戚朋友去山西挖煤，有挖到狗头金发财的传闻，有戴着两只手表的青年衣锦还乡，但更有矿难骇人的传闻，运回来的尸体就埋在桃山墓地里，说起来都是悲壮带泪的历史。九十年代末期，去挖煤的人越来越少，女人的丈夫是个工头，原本计划攒够本钱，回家转行做生意，女人独自在家带两个女孩，消息传来，家轰然倒塌了。

女人得了一笔赔偿金，病病歪歪半年有余，带着两个孩子艰难度日。她经常到振国那里看病，谁都知道她是心病，谁都开导她日子还要继续呀，振国开一点药，也开导她几句。二十多年过去了，振国基本忘记妻子去世时的痛了，这个女人又让他回忆起来。女人落泪，振国也落泪。振国说，你还有孩子，孩子就是他，你看我什么也没有，也熬过来了。女人说，带着两个孩子更难。振国说，你下次带孩子过来，不要单独放在家里。女人下次来，就带着两个花朵一样的女孩。孩子忘性大，不会被痛苦囚住太久，她们起先还拘谨，后来就东看看西摸摸，振国安静的家里有了一些欢笑声。

傅村人听到笑声多了，有人牵线搭桥，两个人也算熟识了，合计了半天决定结婚。振国的生活发生了变化，堂屋恢复成客厅的样子，两个孩子奔来奔去，爸爸爸爸叫个不停，老婆占据了灶间，烹炒煎炸的声音从窗户里传出来，诊间挪到东厢房，振国稳坐那里。傅村人说，振国比亲爸爸还像个爸爸，太宠孩子，也宠老婆，有求必应，想要什么，他就开着雅马哈劲豹穿梭在城里与乡间，去给老婆买生日蛋糕，给两个女孩买衣服，在诊间反身过来给一个女孩绑头发。傅村人发现，振国原来是一个会生活的人。

诊所合并，振国是最不情愿的，中间他撤回过一段时间，傅村人都说他是不情愿离开家，到联合诊所等于朝九晚五上班，还要去补考医生执照。形势如此，个人有什么办法？医疗合作需要报销费用，个体诊所不允许他继续做了，也做不下去。诊所合并之后，个人收入少了，振国拿回原来的田地，加上老婆孩子的土地，和其他村民一样，种果树、种粮食贴补家用。振国才发现，他需要从头学起，早上上班之前，先去地里忙碌一阵，妻子不让喷灭草剂，他窝着腰一垄一垄拔草；中午休息的时间，要去谷子地里赶鸟；傍晚天气凉爽，月色皎洁，他和妻子摘白花花的棉花朵，那一段时间他是最忙碌的。振国说，四十五岁他才知道什么是家累。傅村人都替振国算账，老婆带了一笔钱，振国也有积蓄，但如果两个孩子都上大学，还是有不小的压力。

两个女儿都读高中，是振国的压力。除了在诊所上班，他已经跟一个普通村民没有两样，还加了一些副业，跟着附近下班的工人头上戴着大矿灯去山里捉蛐蛐、蝎子，换班时去做临时工到林地里收核桃，去蔬菜基地帮人装菜，搬运化肥。那天，是女人四十五岁生日，他在蔬菜买卖中心忙了一天，傍晚从城里回来，摩托车滑坡了，没有人说得清什么原因，他孤零零地躺在回家的路上。有人说，他是去给老婆买一枚黄金戒指，女人跟他说过几次了，她觉得别人都有，她也应该有。女人哭得昏倒几次，她只说一句话，是自己害了振国，他原来生活那么清闲。傅村人劝她，振国已经享受过人生了，这辈子什么都体验过了。医不自医，这也是没有办法的事儿。女人说，都是我的命。

振国去世后，保险公司上门理赔，得了一笔钱，女人又一次哭倒。傅村人得到一个常识，命运无常，振国不愧是医生，对自己的身体大概早有预感，想得周全，买了意外险，得一笔赔付金。听说那个月，很多人悄悄去买了保险。他们都知道，人没了就没了，留下点钱给活着的人，也是好的。

三

信运的腿脚有问题，有多种传说。我妈妈经常警告我不要光脚到河里去，她说你看看信运的脚，他就是小时候天天浸在水里，冰了脚筋然后瘸了。有人说，信运是天生残疾，他爷爷奶奶霸占那么多土地作威作福，作孽报应在孩子身上，这是相信生死轮回、因果报应的。也有人反驳，信运爹妈人很厚道呀，谁说得清楚。也有从科学的角度讲的，信运是小儿麻痹症患者，早先医疗不发达，没有预防医学，打了预防针就不会生这种毛病，这是打预防针的时候，用来说服怕疼不肯去的孩子的。日子长了，众人会忘记到底哪个是真哪个是假，他们都是实用主义者，喜欢按照情势编排故事。

信运走路吃力，挪动的时候眼睛会硬突出来，眼白多眼黑少，看人的时候，一副凶相，加上他又总是拿着针管扎屁股、开药水，小孩子怕信运成了傅村的常识。信运在傅村跟麻虎一样的地位，可以对付夜哭的孩子，奶奶会说再哭麻虎会来吃小孩；奶奶还会说，再哭就把你送到信运家去。信运有时候帮着大人劝小孩子，再哭的话晚上我会去家里看你，小孩子眼圈里噙着热泪，令它无声落下，胸腔里堆起无数委屈，一抽一抽地往上返，也会抑制住哭声。

乡村医生选拔的时候，傅村人没想到信运会报名，腿脚不方便，怎么到处行医呢？但他读书不错，理解能力强，也能坐得住学习研究，当医生需要这些品性。信运的父亲到处拜托村干部，也有傅村人去帮忙说项的，这个条件的男孩子，总要给他个糊口的营生，以后父母去世了，他靠哪个？到时候谁也不能看着不管不问，给他这个机会，就是给他一个依靠，也是给咱们自己减轻负担。信运顺当地被推荐去做乡村医生，父亲每周送他到卫生院学习，平时住在镇上的亲戚家，跟一群想当乡村医生的年轻人在一起，学习按摩、针灸、注射，信运顺利地通过了乡村医生的培训。培训的医生多次以他为例，讲解如何舒缓肌肉疼痛，残疾人如何借力发力，最重要的是一个年轻人如何身残志坚，心里有追求。

出门培训锻炼了信运的自理能力，也增加了他作为一个年轻人的信心。信运在大街上拄着双拐，一只脚轻触着地面，另一只脚搭在拐上，靠着触地的惯性，熟练地抻扯着往前走。他拿药的时候，甩开拐杖，蹲下左右摇晃着挪过去，熟练地剐蹭着药柜绕来绕去，像一只灵活的海豹在水中绕来绕去。

近几年他买了一辆残疾人助动车，像长了一双翅膀，他开着车在四里八乡到处转。有一段时间，出诊的电话打进来，总是他出去。小时候第一次做手术，信运躺在床上，看着对面墙上的中国地图发呆。后来他撕下那张地图来回翻阅，他记下了那张地图上的一切，每一个省份的省会城市，下面的地级市和更小的城市，他知道很多陌生地方的山川地貌。父亲给他买了一本地图书，他了解了更多远方的风土人情和动物植物。信运幻想着腿好了以后，能踏足每一个地方。后来他拄上双拐，他知道自己不可能实现那些愿望，没有办法像方元那样到远方去，他就属于这个村庄，这一间房子。他是傅村人一起举荐去做的医生，他属于他们。他丢了那本地图书，但山脉、河流、城市已经烙在脑海里。

自1980年起，傅村的年轻人开始出门寻出路，有人去东北，有人去山西，也有人去县城读书，去周边的工厂当工人，他们都是腿脚健康的年轻人。信运送走过一起长大的弟弟妹妹们，出去之后人们都变了，穿着变得花哨起来，他们回家的次数越来越少，信运经常骂骂咧咧地说，嗐，我们这个鬼地方。傅村通了公路之后，私家客运车兴起，他艰难地乘坐过几次公交车，每次都麻烦司机和售票员上下帮扶他，他去一次就想再也不出门了，下一次还是忍不住想出去。他出去也就是在县城、镇上的商场里走走逛逛，在大街上溜达溜达，那里根本不需要他。

诊所合并后，振国开摩托车载他出诊过几次，去的地方都不远，每一个地方都在视野之内，踏足以后，好像跟傅村没有区别，亲戚连着亲戚，聊几句都是熟人，不过他觉得还是有不一样的地方。他想起小时候父亲驾着马车带他到医院去，来来回回，路过的溪水和山川，他躺在车里，白云和山尖从头顶闪过，麻雀忽闪着翅膀呼啦啦埋入麦田，漫长的颠簸道路让他沉沉入睡，却又舍不得闭眼。来村里的每一条支路都修成了柏油马路，堂弟给他买了一辆老年乐，教了一中午他就学会了。此后，卫生院开会的时候，他主动要求去。方元、振国担心他的安全问题，开始总有一人陪他去参加，几次下来发现他对周遭的熟悉不亚于别人。信运买了本市的地图，乡村公路的每一条岔路他都记住了，每去一个新地方，他都画上一个红三角旗，贴得跟作战地图一样。

2003年，信运花了3000块钱买了一台组装的台式电脑。除了吸烟，他几乎没什么额外花销，这是一笔让人咋舌的支出。傅村人说，你又没什么业务，买这么贵的玩意儿干吗？他说，电脑就是人的脚，从这里到外国几秒钟就能通联。上门安装电脑的小伙子，给他下载了游戏、QQ，宽带上网赠送许多电影、电视剧。信运除了看病，就是看电脑，看得头昏脑涨也放不下，电费比从前多了一倍。信运母亲大为不满，说这个机器好是好，就是费电费眼睛。信运在网上认识了很多朋友，他艰难地学会了拼音打字，从一指禅到盲打，足足学了半年，之后他就开始找人聊天，每天键盘打字嗒嗒嗒，聊个没完。聊什么呢？聊正在看的电影、电视剧，聊足球，接下来是聊小时候的故事、诊所的故事，有时候也说说家里的烦心事。也不知道对方是男是女，感觉就像倾泻一样，一股脑把自己交出去了。一个人对着几十个人聊天，有的比较专注，有的就是有一搭没一搭的。时间久了，有许多头像再也没有亮起来，他们不再上线或者隐身了，只有一个做钢材生意的小老板"南方的春菜"和工厂女工"孤独守望"经常跟他打招呼聊两句。"春菜"因为生意不好，有的是时间，他最近在考驾照，发了很多路上的图片给信运。在网上信运的名字是"北方的信使"，他们是因为名字对仗而互加好友的。"孤独守望"什么信息都没有，他已经回想不起来最初是怎么找到她的，像是大海中浮上来的一片水草。她总是跟他聊工厂里的事情，她每天都做运动服上的拉链，做一条一毛钱，每天做两千条，睡觉的时候感觉满眼都是白色、黑色的拉链。

　　早上出门之前，信运打开电脑看看有没有人留言，无关紧要的事情变得越来越牵扯情绪。"孤独守望"上线的声音像啄木鸟，咚咚咚咚，她说我想去看看你，如果你的地址是真实的话，我们离得并不远，三百公里。信运心里一阵热浪，他抓起拐杖就出门了。老狗皮皮一路摇着尾巴围着他打转，他抬起拐杖打了它的屁股，皮皮叫了一声朝诊所跑去。路中央那株百年槐树又到了落叶时节，刺藤时不时落下来，傅村人挂了一面尼龙网在树冠下面。鸡羊零星的粪便黏在马路上，车子来来回回从上面碾过去，只剩下干瘪的斑点。他抬头看了看诊所晒成黄灰色的石头外墙，满眼的厌弃。一天下来，除了两位拿感冒药的，几乎没有病人，信运蔫蔫地看《水煮三国》，他闲的时候会抄写一两页。

傍晚下班，方元、振国回家了，他扫了一眼自己的办公桌，写满钢笔字的处方笺上滴着茶渍，隔板上贴着几张便利贴。有个病人，高血压禁食大荤大油，但又有贫血需要补充营养，感冒发烧的时候，用药各种禁忌让信运格外头疼，真是一具到处互相矛盾的肉体。信运磨磨蹭蹭地回到家，陪着母亲看了一集电视剧，昏昏沉沉地在沙发上睡着了。第二天一早接到电话需要开电动车出诊。第三天，他想起应该回复"孤独守望"一句,说什么呢?他想不出要不要她来,也不知道她是谁,来这里看什么。信运从此对聊天不再上心,晚上回家他上网打打扑克,下下象棋,这些都是父亲活着的时候教他的;玩烦了就下载了空当接龙,这个更新鲜,需要花全副心思去解开那些排列组合;再后来玩植物大战僵尸,每一个都可爱爆表,捶捶僵尸心情特别放松;喜欢上和平精英以后,信运狠心换了一台电脑,他觉得旧电脑装备跟不上战斗的速度。他戴着耳机一边晃鼠标一边叽里呱啦说话,老母亲关上门看电视,两个人互相不打扰。

那天,振国提前下班去送孩子到镇上补课,方元收拾药箱出诊,诊所只剩下信运和我。听说你会写文章,我有好多故事素材,哪天拿给你看看。你自己写的吗?信运说,是,取名叫《三友记》。我说这是模仿《老友记》取的吧?信运说,不是,咱们古人不是老爱说岁寒三友嘛,我借用一下。这些东西写了好些年,就是我们三个人的故事,写了些看病的事儿,还有我们闹矛盾的事儿。他有点不好意思地低下头,嗐,都是些鸡毛蒜皮的事儿。文章存在家里的电脑上,你哪天走,走之前去家里看看?我说还没定下来,就这一两天。改天有空去我家里一趟,我把文章拷给你看看。我没来得及去拿优盘就接到面试通知,那个通知对我来说太重要了,我可以拿到户口和房贴,甚至还能有一个安稳的未来。我爸也激动地说,不容有差,快回去准备准备。

面试之后,自我感觉不错,按照招考比例和其他人的面试情况看,几乎板上钉钉。晚上我跟一帮朋友去唱歌庆祝,好几个人都喝多了酒,半夜才回家,手机响了几次,也懒得管它。早上十点爬起来,才发现QQ、微信上都是他的抱怨。听你爸说,你直接回上海了,我都给你打印好了,你也不来拿,肯定是看不上我的素材。我回了一个电话,信运哥,实在对不起,没有看不上的意思,走得太急了,你发到我邮箱,直接线上发过来也是一样的。他支支吾吾,说我再整理一下。过了半个月,他微信上说自己的侄子到上海机场工作,让我帮忙照顾一下。我说没问题,让他有空来找我吃饭。我问他,那个《三友记》什么时候发给我?他说,你还记着呢,我再修改一下,写得太凌乱了。接下来有几次因为琐事打电话,我刚要提及这件事,他像有预感一般匆匆收了线。他好像不愿再提这件事,我也不方便再问。他的世界大部分都在那间三个人的诊所里,不知道他选取了生命中的哪些故事和华章,记录下来,其中应该也有我的父母和乡邻。现实中人们看上去的样子和记忆中的总是不一样。愿没开封的故事与他们同在,同生同死。

见字如面

故乡今夜思千里，愁鬓明朝又一年。

——〔唐〕高适

一

普通货郎推着独轮车走街串巷，高级的货郎赶着驴车，套着马车，一天可以赶五十里路，走两三个乡镇，逢村就停，带来女人们需要的针线、护肤品、花布、碗盘杯盏，最主要的是孩子们热衷的糖丝棍、大米花球、花花绿绿的糖果，还有哨子、气球、毛茸茸的玩具等，他还兼着收买酒瓶、书本报纸。他一进村就摇起拨浪鼓，咕隆隆咚咚咚。孙货郎半个月来一回，我奶奶喜欢拿他当日历：孙货郎来的那天，我记得有火烧云；孙货郎来的第二天，你姑回家了；孙货郎走了没几天，后山起了山火。如果有事耽搁了，她就会念叨，孙货郎莫不是生病了？

孙货郎腿脚有毛病，很少见他下地，总是坐在车子前部，吊着两只脚歪着身子做生意，伸手到铁丝罩衫的货柜里拿货，吐着唾沫数一张一张的毛票。他的驴子通人性似的找个树桩或者墙根停下，他就尽力地摇手里的拨浪鼓，一群孩子就从各个角落飞奔着来找他，围着他转，他俨然像个皇帝一样。等着妈妈、奶奶们出来，孩子们就央求妈妈给买大米花球，甜甜腻腻的，买各种花色的玻璃球、一吹就响的气球。我跟奶奶讨价还价，奶奶说甜腻腻的吃了会长蛀牙，我说，我会漱口刷牙。奶奶说这是糖精做的，吃了不好，我说就买一块吧。最后，经不住软磨硬泡，买了了事，一人买人人买。过不了一个时辰，在心满意足的孩子们陆续散去后，孙货郎喊一声他的驴子踢踢踏踏地离开村上路。也有错过了时辰的孩子，看到别人手里的好玩意，追到大路上去，对着孙货郎远去的背影号叫半天。也有买不起的孩子，被妈妈提前关在家里，不许出门，滴溜溜转着眼睛看人家买东西，毕竟丢人。

我问奶奶，货郎是从哪里弄来的大米花球？

奶奶说，老远的地方。

老远是哪里？

关东，你大伯那里。

我从来没有见过我大伯。不过我相信他在一个大米遍地的地方，他们那里大米吃不完，剩下的大米送进食品厂，加上糖粉加工做成大米花球。我做过一个梦，白花花的大米被机器做成一车车的大米花球，其中有一车就运送到孙货郎的家里。这个梦特别甜蜜，我告诉王小惠，她却不相信。她撇了撇嘴说，孙货郎是我姥姥村里的，过了牵牛山再骑车十分钟就到了，他自己在家里生产的。还关东呢，他的腿，看到了吗？就是在关东落下的毛病。关东那么远，你也不动动脑子就乱做梦。

我奶奶就是这么说的，她是去过关东的。

王小惠说，我可是在关东出生的。可不是嘛！她七岁才回来老家上学呢。

奶奶是随便说的，奶奶是又想大伯了。我们这个地界不产大米，这种大米花球要经过好多路才能过来，必定是在一个盛产大米的地方，这样的地方在她去过的地方里只有关东，也就是东北地区。

关东是我小时候听得最多的地方，村里每年都有人从关东回来，从一个听说中的人变成站在我面前的人，叫我的名字。他们给家人带来护耳朵的大暖帽、棉乌拉鞋，带来那里产的大瓜子、松子，他们总管瓜子叫毛嗑，也带来路上的见闻，火车站里人挤人，火车一进站，就像打仗一样，挤不进去就从窗户里钻进去，进去了依然是挤，有的人躺在座位底下……最重要的是他们告诉奶奶什么时候见过我大伯，听他们把家里的每一个人都详细数排一遍。

　　远房的三姑奶奶是吸着烟走进我们家的，我看到她时拘谨极了，因为从没见过这么年轻漂亮的女人吸烟，跟男人们抽一样的烟，一边高声叫"嫂子，我回来了"，一边把烟头掐灭扔在门口。她戴着一顶法兰绒的贝雷帽，穿着红色的呢子大衣，外边裹着白色流苏的披肩，黑色锃亮的皮鞋，东北口音很重，高而带着拐音和撇音。我奶奶说有这种口音是因为他们那边天气寒冷吃糖吃多了，背地里大家都叫她们臭咪子，可能还跟她们与俄罗斯人离得太近有关，有一种巨大的差异感。我们村里只有两三个特别江湖的中年妇女吸烟，她们走南闯北，年轻的女人绝不可能吸烟。等脱了大衣，才发现原来她怀了宝宝，这次是回家生孩子的。奶奶就数落她肚子里装着孩子不该吸烟，她大剌剌地说没事儿。

三姑奶奶说，在关东这么多年，都没见过大伯和三叔。只有一次在哈尔滨的一个商场，她说一打眼就过去了，看到我大伯走进男厕所，心里认定那个人就是我大伯，就赶紧上完厕所到门口等着，等了半个小时却再也没看到。她后悔得直骂自己脸皮薄，应该一开始就上去叫住他。

三姑奶奶说那里天寒地冻，冬天就坐在炕上，不敢出门。那里没有我们这边的大山，到处都是平原，让人看得厌倦。清早起来，太阳只是一跳就跃上来了，傍晚就像落在一个洼地里，忽而就消失不见了。

爷爷奶奶听得如痴如醉，他们可不是第一次听到这些话。关东是个吉祥温暖的地方，有漂亮洋气的三姑奶奶，还有两个哥哥、三个弟弟，在我们这里都娶不上媳妇，后来到了关东，几年后都在那里成家了，还有了孩子。奶奶去关东回来，关东在我心中就是天寒地冻中热乎乎的炕头，家家户户百亩的良田，半年休闲半年干活。

村里的年轻人一旦下学，家里就着急，地少人多，口粮养不起年轻少壮的劳动力；即使养得起，年轻人也不愿意伺候庄稼，女孩子一般就在家等着出嫁，男孩子那个时候有两个去处，一个是关东，一个是山西。时间久了，人们就按照他们谋生的地域称呼他们，混山西的，闯关东的。比起闯关东的，混山西有一股心酸，大家心里都知道那不算是好的出路，一般是不会放孩子到那里去的。但去哪里谋生有时候也由不得自己选择，总是有先行者到过那里，后来的人顺着路线过去的，奔着亲戚，跟着熟识的人，拉拉扯扯地去闯世界。我们南边的村子里有大批年轻小伙子到山西去挖煤窑，就因为他们村第一批出去闯荡的人到了那里，我们村也有几个人去，也是跟着那个村里的亲戚出去的。隔一年半载总会传来煤窑坍塌的坏消息，一旦出事都是生死离别，桃山坡上有几处坟茔就是那些年轻人的，清明节听那里传来的父母的哭声，一边哭一边讲他们生前遭的罪，小孩子听了都睡不着觉。当然也有发财的，隔壁村里有个年轻人挖煤窑的时候，挖到了一块狗头金，连夜跑回老家再也不肯回去。老人们经常说，生死有命，富贵在天。

大伯是1978年去关东的。大伯和我爸爸一路在乡村学校时有时无地上着，念到高中，写大字报，分成黑白两派闹革命，学农学工，根本没有正儿八经地读书，参加高考，当然不会考上。他们那个高中就考上两个师范生，所以他们也没有多么难过和不平。大部分学生都要回到农村的广阔天地大有作为，但他们村庄的天地并不大，人口高峰时段有132口人，人均二亩地，春季少雨，夏季半湿，秋季偏旱，冬季干燥，没有河流沟汊，大部分是干旱年月，基本靠天吃饭。

高中毕业之后，我爸爸选择复读，大伯想去当兵，但成分是富裕中农，姥爷家是地主成分，爷爷奶奶据理争辩，改了中农还是不行，眼睁睁看着几个根正苗红的同学戴着大红花走向远方，他一定痛恨过命运不公。后来大伯又想做民办老师，可名额给了村会计的女儿。年少气盛的他想找一个天大地大的地方，以自己的力气和才华做一番事业，于是奔着我姨奶奶去闯关东了。我的姨奶奶是奶奶最小的妹妹，是个受过高小教育的女性，新中国成立初期随丈夫支援东北建设，姨丈是早年过去的林业工人，亲戚带亲戚，一大家子几十口人在当地落户。用他们的话来说，当地都是亲戚，说话管用，过去做事方便。过了嘉峪关就是关外了，关里关外两重天，大伯一个人抱着行李趴在火车上两天三夜，懵懵懂懂地走上了另一片土地。开春的时节，家乡已经春暖花开，关外还是地冻天寒，超出他的想象，火车在白茫茫的大地上、崇山峻岭之间一闪而过，人显得特别渺小。他没有离开过家，没有多大的力气，没有生活经验，他对世界只有想象。

　　被姨奶奶一家接回东北温暖的房间，大伯从陌生拘谨变得活泼熟悉。寒冷过去，土地复苏，他又被土地的辽阔和黝黑惊吓到，然后青春的热情就在这里开始燃烧。大伯跟公社里的年轻人一起下地劳动，苞米地一眼望不到边，收获的时候让人感到富足和踏实。不干农活的时候他就去姨丈的林场打散工，跟着工人们伐木头、装车往外运送，跟着护林队巡逻林场。姨丈特别喜欢大伯，找关系把大伯的户口落在当地农村，地多人稀就不会有为土地而斤斤计较的事情，大伯得到了四十亩地，由于文化水平高，还成了屯子里的会计。他能写能算，因为会写汇报材料和新闻稿，很快入了团；他是个勤快的人，虽然寄人篱下，却还是把流落、陌生、思念压制在心底；他想把贫穷饥饿的记忆丢掉，憧憬着一家人因为他过上安乐的日子。那时候哈尔滨附近已经初步机械化，人比较清闲，不像我们家乡，所有土地都要靠人和牛，耕地、播种、耧地、拔草、施肥、收割，都是苦力活，我们当地人都戏谑地称自己为苦力。看着劳动变成果实，对比家乡那种劳而不获，他觉得生活变得新鲜和刺激。解决了肚子温饱的问题，大伯想到家乡粮食不够吃的状况和两地之间的粮食差价，动了倒卖粮食的脑筋。

不断在山东和东北之间来回，大伯跟铁路段上的一个列车长关系熟络起来，于是跟表哥、表弟合伙在附近收了粮食，再运往大一点的城市，还有一部分通过那个列车长倒卖到关内去。漫长的冬春季对于年轻人来说更显得漫长，他跟亲戚朋友组团到南方大山里去放蜂。在信息不发达的时候，靠着朋友的朋友、亲戚的亲戚这种不太靠谱的关系，他们到过四川、广西、云南，就像游击队一样，追逐着槐花、桃花、杏花、枣花开放的节奏，沿着村庄搭建简易帐篷。他们带着防蛇、蚊蝇的药膏和香料，装备全靠个人携带。在各地收了蜂蜜，沿途卖掉，来年夏天回到哈尔滨，基本销售完。大伯还从我们老家附近的山东梁山县收购了一批黑山羊，秋天等羊上膘之后，一火车皮黑山羊咿咿呀呀地向北方驶去。后来听说成活率不高，进去山海关，好多山羊都感冒了。倒卖粮食让他在东北赚到了第一笔可以安家置业的钱。过年的时候大伯往家汇了两百块钱，一笔巨款，那时候八百块钱就可以起一栋新房子了。他还寄了东北的特产哈尔滨红肠、松子、瓜子和冰糖，还给我奶奶寄了一条枣红色的大围巾。我爷爷去邮政所拿钱的事情，不到第二天就人人知道了，人们都说，以后这家子人要发财了，手里有了钱，以后会更有钱。很快有人上门给大伯提亲，是大伯高中同学的妹妹，离我们家三十里地，是平原上的姑娘。爷爷奶奶看了照片，自己先答应了，第一次做公公婆婆的兴奋给了奶奶很大的满足。

大伯抽时间回家订了婚，把父母的这个心事先了了，和未来的大妈见了一面就回去了。我爸爸经常说那年我大伯带回来的行李中，有半袋子尿素，家人都觉得是宝贝，那个时候购买化肥都要排队托关系，据说我们家庄稼那一年长得特好。半年后，大伯就有点后悔了，他发现他更喜欢和他在一起工作的女团委书记，想把家里的婚事退了，写信回家要求退婚。奶奶急得要跳井，因为大伯订的对象是我爷爷的拜把子兄弟介绍的，亲戚连着亲戚，一旦退婚就会带来很多人情麻烦，还有可能要赔付一笔钱。我奶奶经常跟我说，要是退婚，你大妈娘家肯定要来咱们家把家给砸了。奶奶让我爸爸回家发加急电报给大伯，不准许他退婚，要他立刻回家结婚。大伯没有办法违抗父母的意思，便回家结婚，带着大妈一起去东北居住。第二年生了一个儿子，我奶奶的第一个孙子，特别金贵，大伯给他取了一个单字滨，哈尔滨的滨，以纪念他在哈尔滨的落脚。第三年又生了一个儿子，取名林，是吉林的林，那时候他已经在吉林做生意了。

大伯那一阵子生活应该特别丰富，离开故乡以后，他获得了自己的生存地图，好像一个陀螺一样不停地转。他不是一个人，而是有一个家庭，甚至一连串的亲戚，逼迫着他带给他们希望。我们家的蜜蜂牌缝纫机、两辆大金鹿的自行车，都是农村青年结婚必备的用品，这些都是我大伯运送回来的。那时候农村未婚男青年已经成为家庭的巨大负担。他接二连三地把待业在家的三叔和刚刚初中毕业的四叔带走，三叔、四叔相继在当地落户、盖房子、结婚生子，我爷爷奶奶像所有农村老人一样，感到人生功德圆满，完成了任务。而这一切的背后，是他们的长子在远方付出的辛劳和奔波，把家庭看得比自己的生活更重要。

关于大伯和那个女团委书记的事情我没有听到过更多的后文，但我们家的相框上一直保存着他们的一张大合影。

清 歌

照片是黑白的,不仔细看分辨不出人的相貌与性别,后排清一色是男生,都鼓鼓囊囊地穿着棉衣棉裤,前排只有大伯是男生,他旁边那位梳着两条麻花辫的女生就是那个团委书记。奶奶会指着她说,这个姑娘差点成了你大妈。

二

我的同桌王小惠,无论是上课还是下课都爱讲话,讲的还都是关东的故事。其实她根本没有等到在关东记事就回来了,所以她也是听大人们讲的。她讲的关东鬼魅而神奇,他们住的地方靠近林区,晚上大街上一个人都没有,只有呼啸的风声像留声机一样咿咿呀呀一晚上不停。那时候林区还没有禁猎,她总是说到打猎。她爸爸背着猎枪在森林里像个英雄,还被取了个外号"瞎子剩"。那一带到处都是打猎的人,个个枪法很准,扔个瓷碗在空中一枪打过去,瓷碗瞬间被打得粉碎,只要出去打猎,都是收获满满。可是每个猎人都怕黑瞎子,不少猎人早上进去傍黑不出来,家人就只有咒骂黑瞎子了,说八成是被黑瞎子害了。王小惠的爸爸是个例外,闯荡关东十来年,打猎无数,安然无恙,只有一次,和黑瞎子照了正面。那天他本来已经收获了两只肥胖的兔子,鬼使神差地还想往里走,总觉得还差点什么,再来一只野鸡或者鸽子也可以,卖到饭店里去最受欢迎了。他听到周围有动静,放慢脚步,用猎枪轻轻挑动杂乱的树枝,一顶黑色帽子从头顶砸下来,他往后一趔趄,迎面就是一巴掌。王小慧的爸爸,丢盔卸甲,拼尽力气左躲右闪,跑出三十里地都不敢停。他脸上少了一层皮,傍黑到家的时候都没有人样了。之后,他绝口不提这件事情,卷了铺盖一家人回了老家。大家都知道他是走了大运,从黑瞎子嘴下捡了条命回来,被黑瞎子吃剩下的人,大难不死,必有后福。我问过小惠,你爸爸带你们回老家,是不是怕了黑瞎子?她根本不承认,她说她爸爸被计划生育宣传队训了好几天都没有怕,回头跑到山西又生了两个妹妹两个弟弟。

关东神秘而博大,它收留了我们村二十五口人,退返了七口人,人人都有自己的故事。老师领着我们大声读"东北有三宝,人参、鹿茸、貂皮袄",老师说你们不要跟着大人学,动不动就说关东,那是东北三省,黑龙江省、吉林、哈尔滨,是哪里就说哪里,关东是以前的称呼,是统称，不准确。我也从爸爸拿回家的信封上，看到了黑龙江省齐齐哈尔市林甸县合胜农场，那里住着我的大伯一家和他的朋友们。

我问王小惠，你见过三宝吗？她说没有，那是森林里的，森林里进去了就迷路。我妈妈有一次进山采蘑菇，跟一起去的人走散了，是好多人打着锣鼓靠声音把妈妈找出来的。我问奶奶，见过三宝吗？奶奶说，什么三宝四宝的，都是贵重的东西，我上哪里见去？不过人参倒是见过，像小娃娃，吃了成精的人参就长生不老。那时候我忙着看《西游记》，还把里面的人参果和人参弄混了，天天做梦到关东大森林里，找到一个人参，吃了肚子里火烧火燎，被一股热气冲击得飞到天上去。《林海雪原》热播的时候，我们整个小学校都沸腾了，还不到小雪就天天盼望下雪。电视里面邵剑波英俊潇洒，和一帮弟兄追缴国民党残余部队，最经典的场景就是十几个人披着一块白色的风布，在森林里蜿蜒前进，还有漂亮的小白鸽，脖子里围一条水红的围巾，他们一行人在冰天雪地里穿行，简直就是梦境。我们私下里都默默地等待一场把房子都覆盖住的大雪，然后大家一起去滑雪。

会写字以后，爸爸交给了我一个光荣的任务，给关东的大伯写信。爸爸模仿我的口气教我如何给亲人写信，开头第一句总是："敬爱的大伯、大伯母：见字如面。"在电力不足的乡村，昏黄的灯光给房间和脸上镀上一层暖黄色，像舔着锅底的火焰，一家人围坐在一起，你说一句我说一句，把每个人的关心和盼望都写下来。每次收到大伯写来的家书，爸爸也会当着所有人的面念一遍，念完信后，看他们那回味的神色，好像真的能够从字上见到彼此的面孔。说来奇怪，打记事起，我除了照片从来没有见过大伯，心里却是真切地想念他，希望大伯回家讲一讲关东的故事。年复一年，大伯没有回来，我还是在写信，而且越写越长，越写越没有感情，关东已经不那么吸引我了，那些到关东去的村里人并没有富起来，反而音信渐少。大伯那一段时间特别忙碌，跟朋友合伙遇到各种问题，需要人手帮忙，我的三叔、四叔可能做得不太顺手，他来信要我爸爸过去一起合伙做。我爸爸当时在镇上的扬水站做会计，收入和生活都比较安逸，我大伯的冒险生活可能多少也让他羡慕，他一度动心要辞了工作带全家一起过去，被保守的爷爷奶奶按捺下来，他们觉得鸡蛋要放在不同的篮子里比较稳妥，几个儿子都到东北去，万一不顺利，连回旋的余地都没有了。

大伯的身体不好，据说跟水土不服有关。刚过去的时候，本地人都喝生水，他的肠胃无法接受，但入乡随俗，不可能单独给他一个人烧热水喝，他只能试着习惯。后来他的心脏一直不好，身体虚弱，也影响了他做生意，去四川、云南、广西这些地方是需要一把子力气的，后来别人继续向外地跑的时候，他只能留在当地。有一段时间，奶奶托人在医院拿了胎盘回来。她一个人忙忙叨叨在灶房间处理，烟熏火燎地把胎盘焙干，装在密封的瓶子里，托回家的亲戚顺道带过去，或者到邮局寄出去。奶奶对大儿子的爱超过任何一个孩子，那是她最聪明的孩子，最可能出人头地的儿子。

大伯在1993年像一个符号一样在我心里消失了。1994年，市场经济就全面发展了，他那种缓慢的、小打小闹的生意本来有机会步入正轨，接下来的十年间，各种聪明有本事的人，不论出身高低，靠着吃苦耐劳和勇敢聪明，都有可能发财致富。我们村里先后有同龄人从一无所有中杀出去，跟着钻井队从工人做起，后来自己承包打井队，富甲一方；还有一个在山西承包煤窑的，回老家开了一家砖瓦窑，在到处搞建设的年代，成为本地知名人士；还有那个当兵的，退伍后得房地产之先机，十年后回来，已经成为房产开发商，现在我们县城到各个镇上都是他开发的房子。而我的大伯却提前支付了身体和精神，错过了那个时代。

爸爸拿着加急电报跟我妈妈小声说，他后悔那年没辞职，觉得自己当时没有跟大伯一起过去的选择是错的，如果他能分担一部分，可能就没有这个噩耗。后来从东北回来的亲戚总会惋惜地说起大伯的年轻有为、做生意的辛苦，以及送进医院之后庸医误诊。当地医疗条件差，其实不算是非常严重的病，跟生意伙伴有一点简单的争吵，他呼吸困难晕倒了，一个简单的抢救治疗没有成功。陪在身边的三叔、四叔都慌了，根本没办法接受这个结果，跟医院的交涉进展不顺，经过长期的拉锯战，最后不了了之。接下来就是整个家庭的兵荒马乱，全家就瞒下奶奶一个人不知道，人人都压抑着情绪。亲戚朋友直接或者间接都得到了消息，也不敢来慰问，连邻居投来的眼神都充满了同情。爸爸只说东北有急事，连夜订车票把爷爷奶奶送到东北大伯家。爷爷奶奶前脚出门，亲戚朋友们就来家里吊喑。大伯的姑姑们、姨们，每个人都一边哭一边讲他的故事，他小时候多么乖巧伶俐，他在冬天的早晨如何尽责地跟着爷爷奶奶去担水，放学回家都不忘记去地里拔草，上学之前一定帮家里的牛圈垫好干土等。一个亲人就这样消失了，在陌生的遥远的地方，而亲人们只能用本地的过去的记忆编织他的故事。爷爷奶奶去了东北，不用说，他们一定放声大哭过，悲痛辛酸都和我们离得太远了，无论如何都听不到了。随着年龄增长的还有感情的淡漠，我越来越关心自己的心情，考试、升学、跟爸妈的矛盾、跟同学的关系占据了大部分时间，甚至没有多少时间来思念。爷爷奶奶一去十年，家的确空了好多，而时间久了，思念无望会变成淡淡的忧伤，习惯了忧伤，它们星星点点地成为夜晚的装饰。爷爷奶奶也是如此吧，失去儿子的痛苦在十年的岁月中，缓慢消失，关东对于他们来说不再是幸福的期待和心痛之地，它终于变成了日常，一天又一天。

三

1990年以后，村里去关东的人陆续全家都搬回来，故地虽然不是经济发达的地区，但已经生活温饱了，条件也已大为改善。凿穿地下岩层输送上来的自来水，通到每一家的厨房，柏油马路通到每一个乡村，电视、电话、洗衣机已经是寻常物件。土地依然无法带来富裕的生活，粮食产量虽然提高了，但化肥、农药价格飞涨，加上消耗两个成年劳动力，一年做下来基本不赚钱。村里人在算计和实践中形成了新的家庭模式，女人们在家种地养点牲畜，男人们和下学的孩子都到附近城里打工，没有灾病的家庭，维持生活已经自在裕如了。

1998年，东北地区发洪水，他们的房子被冲毁，四叔一家离开黑龙江去辽宁落户，全家再也没有回去。后来本地开发，原址建设了开发区，有房子的户头都能得到一所两室一厅的房子或者几万块补偿金。大部分人都要现金，四叔明知道根本不可能回去住，他还是要了那套房子，说是期待它日后升值，好像得到了自己青年时期留下的纪念品。2003年，爷爷奶奶感觉年龄大了，想叶落归根，他们要回老家养老，由三叔一家陪伴回到老家，顺便带回了大伯家的堂弟，他的成绩考学无望，想回家找个出路。

那时候村里已经很少有人再到山西、东北去谋生活和闯世界了，年轻人都把附近的县城、省城和毗邻的大城市，甚至是北京、上海当作寻求出路的地方。人跟人，水顺水，慢慢地路就广了，虽然只是从事一些城里人不愿意做的职业：男孩子一般到大城市工厂里做生产线上的工人，到建筑工地和装修工程中做学徒工，时间久了当个拿钱多的师傅；女孩子出去较多做售货员、保姆、服务员，也有出去做小生意一步一步发达起来的。

堂弟跟着做工头的姐夫去做装修，刚开始工资是900元一个月。那时候我记得高中的学费是一学期750元，民办老师工资才700元。有一年我去济南城郊的工地上找我的堂弟，我的小学同学王林承包的工程，他的小姨子负责做饭，除了这个姑娘全部是男人，大家就住在毛坯房里。晚上我跟负责做饭的姑娘住一间，房门简陋，可以听到对面电视剧里吵架和哭泣的声音，电视一直放到最大音量，外边的灯光彻夜亮着，简易的窗帘随意地挂在临时敲进去的钉子上。我住在城里，临时过来没带洗漱用品，堂弟带着我从工地往外围走了十几分钟，歌舞团喧嚷的声音此起彼伏，有一个女孩在露天舞台上跳舞，穿着暴露，一边跳舞一边有人吆喝，五块钱点歌，十块钱进棚看。我和堂弟都感到不自然，回来的时候他带我绕了一大圈回去。

晚上，同住一屋的姑娘非常兴奋，毫无戒备地跟我说，王林正在闹离婚，他要跟我们的另一位同学常青在一起，闹了大半年了。常青是我初中班上第一名的学霸，一直以来都是一心只读圣贤书的代表，初中三年级突然退学，去省城做售货员，老师和家长劝了好久也不肯回头，性格转变让人一时缓不过来。即使初三学习成绩下降，前十名肯定在的，那时学生中间始终有一种无望的情绪在蔓延，读完初中读高中，还不知道能不能考上大学，即使考上大学，毕业回来也就是一个月几百块钱，还不如工地上贴瓷瓦的工匠，包工头就更厉害了。我们那里每个村都有暴富的工头，在城里买了不止一套房子。王林的父母对他围追堵截，他爸爸经常到工地上来住着，小姨子来工地上也是为了盯着他。当天晚上我那个包工头同学没有回来，那个姑娘一脸愤恨地说，肯定是去找常青了，他们在城里租了房子。包工头的生活一定影响了堂弟对世界的认识，而别的生活之路他也不熟。他为人活络，技术也很快学会了，跟着一个愿意带他的师傅，两年后就成了大师傅，工资比小工高出好几倍，附近的包工头都跟他称兄道弟的。

他多次跟我说，只要人能介绍到活，他就可以拉人去包工，包活来钱特别快，可惜我一直没有什么能力帮他介绍项目。后来我介绍我弟弟和堂弟来上海的一家工厂，我弟弟留下了，堂弟做了一段时间继续回到工地，他还是习惯工地上的生活，自由熟悉，收入也比工厂高。

我小学同学中的男生没有一个读高中的，勉强念过初中就分散到各个工地上，脑子聪明点的经过三五年都传帮带地成为大师傅，脑子不灵活的就一直是小工。我堂弟很快成为大师傅中的一员，他们平时在工头那里借钱维持生活，年结或者季结，都是亲戚带着亲戚，很少欠钱。每逢过年的时候，堂弟几乎不着家，他手里有钱，要好的朋友一起吃喝，也打牌。打牌都是成宿成宿的，吃住在一个人家，主家从赢牌的人手里抽成作为服务费和茶水点心费。据说最后挣钱的只有提供打牌房间的人，时间久了，就开成了年节时段的棋牌室。有人一夜之间输光一年的工资，堂弟特别有主心骨，他几乎没输过牌，他的钱都放在他爸爸那里，用打牌赚来的钱再去打，没有了立刻收手。牌桌上十赌九输，有人看他打牌的手法，就说这个小伙子不一般。

堂弟积攒了几年资金之后，用自己学到的技术在附近新开发的城镇房地产市场上包工程，从前期到后期装修，一条龙服务。本来以为他可能就要成为包工头了，转头他却又从亲戚渠道获得了中小学教育上的资源，回家开了一个书店。从我们地区的总经销商那里进货，跟本地大大小小的学校设法建立联系，卖试卷、学前教育、益智玩具，能够想到的孩子需要的书，那里几乎都有。2019年春节回家，我在那条街上走了走，一条街道上已经有6家书店，清一色的补习、课外习题、名著缩略版本。堂弟跟我说，今年国家经济效益肯定不好。我很惊奇，说你怎么知道？他说，以前，家长来店里不看价格，孩子要什么就买什么，今年买东西就没那么爽快了，以后要改改思路了，我准备把三层楼上面两层出租出去办辅导班。我不得不感叹堂弟的确有一点来自遗传的市场嗅觉，虽然在全世界的资本热潮中，看起来那么微末与孱弱，但很顽强，一直想要加入进去。

村里经常有年纪大的人搬回来，有从关东回来的，有在外打工年纪大了只好回来的，也有退休回来闲居的，而年轻人全部都买房搬到镇上、县城里。我们这里的土地好

清　歌

像从来就不属于年轻人一样，从我大伯那一代开始，几乎见不到年轻人在地里耕地、播种和收割。就连这里的土地现在也基本不种玉米、谷子、麦子、地瓜这类庄稼了，大片大片的土地上种植了樱桃。有一年政府为了防止农民冒领麦田直补，用飞机航拍过我们这一带，几乎看不到一块青青的麦田。上小学之前的孩子一般都放在老人跟前养着，等到读书再接进城里。老人们都爱说，我们村越来越成为养老院和幼儿园。政府扶贫计划一次次进村，修整了漂亮整洁的村道和宽敞的休闲娱乐广场，老人们坐在广场上聊天，说一阵笑一阵，你还能听到他们说起关东，那里也有他们的亲人、朋友、同学和记忆。

2016年9月，我随一个团队去黑龙江采风，在哈尔滨停留了两天，好多次仰头看看这片熟悉又陌生的天空，它曾经陪伴过我的亲人们，在某年某月的某一天，我现在踏上的土地，也有他们的脚印，生出一种让人心酸的亲切。现在我们家人中留在那里的只有那个叫滨的堂哥，看他在朋友圈里晒自己的小日子，像一个土生土长的本地人那样幽默开朗，喜欢发抖音视频，晒日常的美食和朋友聚会，发广告倒卖粮食、机器、房子。我打电话给他，他热情地要来接我们一行人去泡温泉，他们原来居住的地方已经成为北方温泉欢乐谷，北国温泉令人向往。由于时间紧张，我们一行人商量下来，行程不方便更改，我感觉到了他的失望。见过他的亲戚都说他是一个天生的生意人，脑子活络，能说会道，什么赚钱他就做什么。我大妈是一个老实巴交的女人，大事小事都没有主意，一切事情都顺从自己的孩子，我想她年轻的时候一定顺从我大伯。堂哥还有后来回老家做生意的堂弟可能都继承了大伯的聪明，他俩都有顽强的生存能力，都是独自一人成家立业，身上仿佛有孤独地开创一份自己天地的基因。

　　我们家有一个习惯，可能我们本地人家都这样。家里在所有吃饺子的日子，都会给滞留在外的家人留一碗放在锅里，那是思念。尤其是除夕之夜，喝点小酒，一家人说说闲话，锅里留着的饺子从温热变凉，但我们都能感觉到那个离家在外的亲人。堂弟说起他们童年时候的故事，他们喜欢玩警察抓小偷的游戏，十几个小孩子在有月光的夜晚，分成两队，小偷到处躲藏，警察随后按照线索追查。在游戏的喧闹中，突然听到播音器里说有关内的潜逃人员进社区，让各家各户把门窗关好，防备坏人行凶，父母们

清 歌

一窝蜂地跑出来把玩在兴头上的孩子扯回家。他们一家人在房子里敛心静默地坐着，嘭，嘭，两声枪响了，一切又恢复了正常。第二天一早，他爬起来到大路上去看，捡到了两个铜色的漂亮硬气的子弹壳，男孩子最喜欢子弹壳了，握在手里都暖热了。我问他还记不记得爸爸的样子，他说记不清楚了。

我们都慢慢脱离了自己的故地，成了远离故地的人，与过去渐渐音信不通，再也没有手写的字迹让我们如同晤面。时间无情地翻过新的篇章，大时代高歌猛进，让你看不清幸福和未来到底是什么模样。很多事情和人无声无息地消失了，很多人仍然在努力地生活，即使在距离别人高速公路很远的小路上，一点都不偷懒，不耽误编织梦想。我忍不住会要奋力去记住他们和时间，就像一个男孩紧紧握住手里的子弹壳，手心会沁出汗来。

地平线

生活在别处,
在沙漠海洋,
纵横他茫茫的肉体与精神的冒险之旅,
洪水的幽魂刚刚消散。

—— 兰波

一

铁打的营盘流水的兵。傅村的大街小巷里,满满都是孩子的身影,他们蹒跚着到场院上学步,咿咿呀呀地讲话,然后步入学堂,稍后他们成为学校动物,深居简出,等他们成为跟父母身高等量的青年时刻,就是庄稼的成熟期,等着外面世界的收割,这个狭小的地界年复一年增加的就是这样不断膨胀的忧伤。

2010年春节,叔叔回家祭奠爷爷。他要到老屋那边去看看，到老屋去的路常年没有人走，已经蒿草漫地了。路下面是抗战时期修建的地道，六十多年来潜藏在地下，除了一些星星点点的传说，即使我们天天在地上走，都知晓底下还有如此庞大巧妙的地下藏身之所，全村老少可以从四个方向奔赴这里集中，还可以聚在这个穹隆中，召开千人大会。2009年夏天，雨水丰沛，发了山洪，地道没经受住水压和废旧围墙的崩塌。雨停后，村里人惊奇地跑来看，七八米宽的巷子整体塌陷，把路横行截断，留下四个黑洞洞的口子，行人只有绕着墙角才勉强通行。

叔叔小心翼翼地走着，脚步有一点蹒跚，走到塌陷处，他缩着身子，试探脚跟地面的黏合度，随着他哈腰、用力跃过沟坎，腰里挂着的钥匙在微胖的身躯上发出叮叮当当的声响。他回头跟我说，刚才手被墙角石头碰了一层皮。

他脱掉外套，叹口气，这几步路都走出大汗了。我们走过屋后的两座高头大面的地主坟，那对夫妻的两座坟茔是我童年的噩梦，也是叔叔的。当时男主人先去世，一并盖好了两座坟，按照两间堂屋的样子修盖的，有八仙桌子、高背椅，左右两列骨凳，有门有窗，里屋有床有榻，两盏清油灯。人躺在床上，灯不能熄灭。买两个穷人家的孩子，奶奶比量一下身高，齐眉靠桌，岁数跟我差不多，父母拿了十二个银圆哭着走掉，一男一女两孩童跟着埋进坟里，添置香火，坟墓内贡品吃完，活活饿死而陪葬。女主人死后，又有两个孩童被埋进去。奶奶说他们日哭夜哭，没人敢救，坟外有看家护院的。叔叔说，这些事儿都发生在我奶奶嫁过来之前，她讲得绘声绘色，不知道真的假的。我们爬上山坡，俯视整个村落，静悄悄的。鸡、鸭、猪、牛、羊、狗这些农村家常动物变得稀有，家禽会让院子脏乱，人们失去了耐心，从前养狗防贼，现在养狗招贼，野味的商机让一些人专门在附近乡村偷狗。用上液化气之后，村子少有袅袅炊烟的田园暖色，只有对面山头的松柏依然是苍青色的，夕阳下的巨石阵折射出嶙峋的影子。

叔叔走在自己的村庄里，但已经不是这个村子里的人了。几位晒太阳的爷爷奶奶看见生人，怔怔地看他，他也看他们。启学扶着凳子站起来，用手遮着太阳，仔细打望他，问："你找哪个？"叔叔叫出启学叔、正志伯、方婶子……"再看看我，认不出？我是传贵家的四小子啊。"他们上去拉他的手，摸索他的衣角，眼睛几乎杵到他脸上，再拉回来眯着看。方婶子激动地拍一记大腿："天爷爷哎，竟真是小志辉，多少年没回来了啊。"叔叔递上烟，一一点上，启学抽了两口赶紧捻灭，他说："医生给判了刑，尝两口，不敢抽了。"众人笑。"从1990年春上出去，算到2010年，满二十年了。"这句话他一天说了十几次，每一次都像第一次说一样，像掰着手指算一遍似的，缓慢地说出来。他拿出手机放大了让人看高他一头的孩子，指着自己稀疏的头发说："看，我也老了。"老人们笑着说："再老，在我们跟前都是孩子。"他英勇而豪爽的童年旧事，在这个世界上只有这些称他为孩子的人还记得。有人把你当作孩子，就像青草叶子上的露水滴落到根部，再次品尝到早上带有阳光甜爽的味道。

二

1968年苏联的坦克开进布拉格，城市街头忽然出现了一群美少女，他们手拿鲜花，身着超短裙，用海浪般的青春气息作为反抗的武器。同年五月，巴黎的青年把钢琴搬到大街上，他们演唱爱情歌曲，以示抗议，他们的歌声和警察高压水龙头一起在街上飞扬。叔叔是1968年出生的，那一年是傅村的出生高峰，老太太们都说，那年真是邪门，一下子多出十几个孩子。生产队老队长都急眼了，都在家养孩子，还怎么搞生产？耽误劳动。女人们就骂他，管天管地还管人家生孩子，孩子想来谁能挡得住？叔叔、齐工、小武、增叔、新民、孙带、孙明、梁双、梁成、小展，他们一起不约而同跑到傅村来。这一年世界上发生了那么多重要的事件，跟他们的世界却没有一丝一毫的联系，那样的热情与这里的一切隔山隔水，他们有他们的热情。

叔叔们是一个特殊的群体。比他们大几岁的人，我大伯、爸爸那一拨几乎都是读书不错的，不管有没有学到知识，毕竟都读到了高中。从性格上来讲，好像也有点不一样，那一代偏文一点，少年老成。叔叔这一群人几乎都是大人们眼里调皮捣蛋的，没有一个读书好的，不知道是巧合还是别的什么原因。

叔叔读初中的时候，和齐工、小武、增叔、新民一起逃学。在放学路上的山谷里，他们挖出半身深的圆形地窖，把玉米、地瓜埋在里面，点燃碎树枝、废旧木头，直到发出刺激味蕾的香气。他们饱餐一顿，踩着放学的铃声回家。有时候也会惹来祸事，被早上巡视庄稼的叔伯大爷们抓住扭送到学校去，但他们劣性不改，消停三天就会故伎重演。我奶奶说这些孩子都坏出了名，他们不怕家长和老师，小脚的奶奶拿着笤帚满院子追，到最后叔叔从房顶上跳到别人家跑了。他们最爱玩自己制造的火枪，人手一把。用高硬度的铁丝，不能轻易弯曲的，做成枪的形状，从废旧轮胎上拆下来弹簧，再找点轮胎上的内胎皮条，借着皮条和弹簧的力量，火柴与火柴皮摩擦生火，带着力量和火焰，发射在乡村的黑色天空里，远远看去，跟闪烁的群星连为一体，那是他们的狂欢和美学。

叔叔有一大箱子连环画，都是一些关于英雄和革命故事的，《武松打虎》《一支驳壳枪》《水上交通站》《大泽烈火》《三国演义》等，手掌一样大，上边是黑白插图，下边是小字写的故事。我后来读小学的时候还一直迷恋这些小书，看起来好像是从电影中一帧一帧截下来的。不爱读书的叔叔们经常像宝贝一样交换这些连环画，它们给了叔叔们最初的英雄幻想。叔叔当宝贝一样珍藏着这些连环画，离开傅村的时候，他还把它们都打包装在一个箱子里，后来都毁坏在我的手里。他走得太远太久了，没有办法保护他的宝藏了。

叔叔们都在长身体的年纪，十五六岁的男孩子，地瓜面的窝窝头能吃得让奶奶心口犯疼，一笼窝窝头两口一个眨眼就进肚了，虎头虎脑没心没肺，一个人顶好几个人的饭量，却从不知道收着肚子。吃饱了就去实现英雄梦想，叔叔们都是打架的好手。不知道是受了战争文化的影响，还是少年时代内心无处发泄的冲动作祟，他们到处挥舞和展示着拳头。他们搞不同村的少年"战争"，也发动不同学校的"战争"，脸上、身上总是旧伤没去新伤又来。我奶奶最担心的是叔叔的手，他手上有断掌纹，看手相的人说这种手一巴掌可以把人打死，叔叔这里一仗那里一仗，总有失手的时候，她担心哪天一不小心出了人命案子，这一辈子就完了。她想尽办法监视着叔叔，把他困在村里，以免出去惹事。

村里也不太平，虽然人口不多，但基本按照姓氏不同分成不同的派系，他们彼此都清楚，家族之间多少都有矛盾，大人们表面上维持着客气和体面，暗地里都有各自的算计。小孩子尚未学会掩饰，不同家族的孩子经常打群架。大人们遇到这种场面会象征性地训斥一下自己的孩子，拉开那些扭打在一起的小身体。回到家里就变脸，盘

清　歌

问打架吃亏了吗，怎么这么不会打架呢！那小子那么矮，你还打不过，白吃这么多粮食。叔叔们则聚在山后或者田野的角落，总结战斗经验，批评谁没有出力，商量下次的战术，按照田忌赛马的方式，安排对战的选手。

按照家族亲疏拉帮结派，叔叔总是保护着三爷爷家的小武，他有点懦弱，总是一副被人欺负的样子。三爷爷懦弱，懦弱会遗传。一个人在村里有没有地位，可以从大事情上看，比如举行葬礼的时候，全村人都会去帮衬，有社会地位的人会被安排去做执事，分派活，迎送客人；没有什么社会地位的人一般会被安排去埋人。三爷爷干了一辈子埋人的活。少年的世界也是欺软怕硬的，小武有事没事总被人找碴儿，尤其是被齐工叔叔呼来喝去，有事就拿他出去顶缸。齐工是另一家族的头领，虽然一直和叔叔一起玩耍，但打架的时候他们从不客气，叔叔没少因为齐工欺负小武而打他。有一次把齐工打得头上开了瓢，血流了一脸，吓得齐工的妈妈看一眼就昏死过去。我奶奶提着一篮子鸡蛋，低头哈腰地去齐工家赔礼道歉。但过不了几天，叔叔们又混在一起，他们的关系时好时坏，全凭一时的义气。

1980年夏天,叔叔们有过一次远游。远游是提前设计好的,去哪里?他们刚在地理课上学会一个新名词地平线,到地平线去。他们策划了一个地平线行动,叔叔们爬上凤凰岭,这是本地最高的山头,从凤凰岭上远远看到了南望河。南望河像一条瀑布挂在半空中,其清澈与辽远激动人心,就像在天边。他们心想有河就有鱼,他们异想天开要去天边捕鱼。他们收拾了一包袱馒头,一人灌了一玻璃瓶水,扯了窗户上的纱窗,背着一个篓筐,朝着南方出发。齐工带了两个同族的伙伴,由于临时出发没来得及通知其他人,叔叔只带了小武一起出发。

一路上都是开心的时光。初夏的天气,还没有那么热,脚底生风,顾不得累,他们在大路上扬起尘土,在田间小道上伸开双手,手抚高粱的籽粒。过了正午,他们脚底磨起了水泡,膝盖酸软,倒在山坡上睡了一会儿。他们文不对题地朗诵"不到长城非好汉,屈指行程二万""遥知兄弟登高处,遍插茱萸少一人""绿水青山枉自多,华佗无奈小虫何"来给自己打气。他们路过邻近的县城,除了齐工,其他人都是第一次进城,看到五层高的楼房,他们一心想进去看看。正门上挂着大牌子,是政府大院,看大门的大爷拦住不让进,一群半大小子一看就没正事儿。叔叔们绕到院子的后墙,挨着后墙有一排高大的白杨树,齐工垫底,叔叔们一个接着一个踩着肩膀翻上墙,顺着白杨树溜进去。叔叔们从家属院溜溜达达,到了伙房,然后分头进到楼道里,屏住呼吸按压住内心的紧张,假装是来办事的。

最后他们被赶了出来。小武由于过于紧张,被一个路过的工作人员问了一句,小同志你找谁?他哑口无言,差点哭出来,最后憋出一句话,我们几个人路过进来看看。一会儿这几个东瞧瞧西看看的人,就被工作人员截住了。叔叔嬉皮笑脸地说,进来解手。工作人员赶着他们去上厕所,等他们出来,又把他们送到楼梯口,催他们赶紧走,说这里不是玩的地方,小兔崽子们真会找地方,来这里面上厕所!叔叔到后门接了齐工,继续往前赶路,他们喜滋滋地回忆,那所楼房里的样式,办公室里的家具和工作人员的派头,这里的新鲜事儿够他们回去吹嘘一阵了。

傍晚时终于到达南望河,他们背诵"一道残阳铺水中,半江瑟瑟半江红",这条河突然让他们明白了书本上的这首诗和诗人,美让人不得不写诗。接下来的难题让他们无心捕鱼。水喝完了可以灌点河水，馒头吃完了，身上几乎没钱，几张毛票买不了多少东西。也没办法跟家里联系，按照来的速度走回去，到家应该是第二天早上了。他们看着夕阳西下，掉转头往回赶，又饿又累，内心还充满对黑夜的恐惧，山上有狼、麻虎、蛇，可能还有厉鬼。他们忘记了原路，只要是向北的方向没错，总会到家。越过一座山梁，他们坐在石头上休息，叔叔回头看到一片坟茔，小武听了吓得直接尿裤子了，齐工呵斥他一点用没有，小武哇哇大哭，谁都止不住。在别人的坟前哭本来就是大忌讳，齐工站起来给了他一巴掌。叔叔见不得别人对小武不好，立刻冲上去跟齐工扭打起来，后来是一个人和齐工家族的三个人打，他们打得叔叔鼻青脸肿，叔叔就是不认输。他们默默地打，抱在一起翻滚，在月光下不出声地彼此撕扯，最后打累了躺在石头上喘粗气。夜空中山谷里的虫鸣野叫，让他们进退维谷，他们绝望地望着天，希望天快点泛白，想着家中父老们焦急的寻找，他们甚至还想到万一找到他们，必然有一顿棒打脚踢。他们忍不住掉眼泪，最后抱在一起低声抽泣，像经历了生死灾难。他们说，我们活着到家，以后再也不打架了，地平线行动队的人，生死与共。

他们手牵手走了一晚上，在田野里，迎上了村里派出去寻找他们的一队人马，父母们正地毯式地从村庄出发，四处呼喊着他们的名字往外扩散。饥饿和困倦让叔叔们见着亲人立刻瘫软下来，他们松开手，放松地躺在地上。回家之后他们没有挨打，差点失去孩子的父母们互相劝慰，压住了怒火，毕竟孩子安全回家了。第二天他们又是生龙活虎的一群人。这次历险经历让他们知道世界很大，让他们体会了生死之交。他们模仿故事中的英雄好汉，说以后有福同享，有难同当。他们不再听凭身体内的冲动而挥出拳头，他们感觉到了一夜长大的筋骨和心灵被抻开的痛感。

三

小展姑姑是叔叔们心里共同的妹妹，她瘦弱文静。不同派系的男生打架，从不牵涉女孩子进去，因为他们都看过一部电影《战争，让女人走开》。小展姑姑是和他们一起读书的唯一女孩，也是最早辍学的。那时候辍学是说不上就不上了，不会像现在失学那么痛苦。在傅村，大部分女孩对读书都没那么看重，读到初中就是最高学历了，能认字能算账，就可以满足基本生活需求。小展姑姑退学后，叔叔们依然去家里找她玩，如果家里有活，叔叔们就七手八脚地帮她干完，帮她挑水、推磨、垫猪圈、整牛栏、打围墙，这些都是他们在自己家逃避的劳动。小展姑姑有一股神奇的力量，指挥着叔叔们，他们干完活，就挤在小展姑姑家的脸盆边洗手，香皂的味道格外浓郁，整个院子都能闻到。

1984年的秋天令人忧伤，叔叔们初中毕业，他们跟小展姑姑一样成为社会青年。在农民们最忙碌的秋季，他们从学校收拾书包回家，书包里装着对他们来说再也没有用处的书和作业本。没有一个人考上高中或者中专，老师在毕业寄语中刻薄地说，希望你们以后认真修理地球，早日过上吃饱喝足的生活。他们不愿意读书，更不愿意修理地球，他们抗拒干农活。村里老一辈的人说，这群人精滑头滑脑，都是一副没出息的样儿。叔叔们厌恶学校和老师，他们对课本没感觉，真到离开的时候才觉得有点眷恋，那一天回家的路显得格外漫长。叔叔说，那天是条分界线，以前总觉得日子潇洒自由，过得踏实，那天以后觉得轻飘而迷糊。

叔叔成了社会青年，听到招工的信息，就去试试，征兵也去试了。平时在家闲着，也不肯帮爷爷种地，爷爷整天看他不顺眼。他们聚在东厢房里，打开录音机听邓丽君的《小城故事》、齐秦的《狼》，他们聚在一起到梁双家看足球比赛，咋咋呼呼，让人看不惯。早上太阳上山一尺高，叔叔在被窝里还没动静，晚上混在其他几位叔叔家中打扑克，晚饭的时候我奶奶满村里找他。时间长了奶奶不再满村里找他，他们在谁家打扑克就吃在谁家。爷爷的话一成不变，庄稼人要都像你们这样，什么家败不了？叔叔照旧早上不起晚上不睡，被骂急了也会顶撞一句，你有什么家底，还要我来败坏？爷爷气得拿着扫帚满院子追着叔叔打，但是他再也追不上叔叔。

家里唯一能让叔叔早起的就是大白。大白浑身雪白，是一只聪明伶俐的狗。初中毕业的叔叔们都是半大小伙子了，不好意思挣着头再去打架，好斗的狗成了叔叔们的打架帮手，承载着他们好斗的意志。村里几乎家家户户都有条狗，看家护院一晚上之后，早晨是出来放风的时段，也是打架的最佳时机。男人们早起出工干活，女人们烧饭，街上没有多少人走动，狗们溜溜达达，万有引力一样，聚集到宽阔的场院上，嘿嘿呜呜，互相对望试探几番之后，就撕咬在一块。狗通人性，狗的敌人基本上对应着叔叔们的"对手"，狗打架都是看主人。一次交战之后，是长期连绵不绝的对抗，见面就撕咬，直到分出胜负。叔叔们都喜欢跟着观战，暗地里是他们的较劲儿。如果大白占了上风昂首阔步地回家，叔叔就勤快地帮奶奶连挑几桶水。大白体形玲珑，遇到个头威猛的狗，就是吃亏的时候，曾被梁双的狗咬得脖子鲜血直流，好多天精神萎靡。叔叔眼巴巴地看着它难受，自己琢磨出一个计策，给大白做了一个护脖，用硬皮条做成一个圆套，套上锥上密密麻麻的钉子，钉子尖朝外支棱着。看叔叔早上回家的神情就知道战果了，大白威风凛凛跟在后边。不久后村里的狗脖子上，已经整齐划一地戴着同款护脖。

村里的世界年复一年，没有太大惊奇，惊奇的事情总会过去。1939年农历三月，抗日战争的一次战斗在傅村前面火光冲天地进行了两天，现在抬头打望依然能看到山头上的碉堡和废旧工事。死亡和流血过去之后，除了阴雨天里的闲聊，其他时间没人再说起这些故事，就连梁双的爷爷被鬼子刺死的事，也没有人去渲染它，奶奶就怪他爷爷多事，不该跟日本兵搭话，否则也不会丧命。他们关心牛圈、猪圈，小牛出生了，修补一下侧翼，依着原来的搭建一个小型的，过个一年半载卖了小牛犊，大牛过的还是原来的日子。他们到镇上集市里卖掉自己的粮食，来享有一点生活的改观，他们会因为添置一把镰刀锄具而仔细掂量。他们除了年节很少享用丰盛的菜肴和新衣服，稳定的生活中和金钱保持着彼此尚有尊严的关系。但跟诗人们对田园淡泊生活的向往相比，并不协调，它简陋粗糙的外表和辛苦的本质，一点都不吸引年轻人。安详平和来自所有的人或者差不多所有的人都是一样的。叔叔们都没有农民的样子，这是他们自觉的追求。族长二爷爷经常说，人干狗不干的事情他们都干。这是极严厉的骂人话，叔叔们满不在乎，时代真的变了。

　　齐工是最早脱离这种生活的。他父亲是傅村为数很少有公职的，年轻的时候当过游击队员，新中国成立后成为国家干部。他主动要求退休，把这个无所事事的儿子弄到县自来水厂做工人。齐工的母亲是个很慈祥的妇人，十分富态，说话也温声细语，遇到我和奶奶总是问一句，志辉找到合适的活儿了吗？有活儿干他们才能消停，齐工上班后就不一样了。奶奶为叔叔没有长进而难为情，也为家里无法给他找份工作而歉疚和气短。爷爷就比较粗暴，他说其他三个儿子都是自己出去找事做，结婚生孩子，只有他是糊不上墙的泥巴。

齐工上班以后，新民去当兵了，梁双、梁城、孙明也都陆续出去谋事，临时工也好，下煤窑也好，都不在街上混了，连小武都跟着亲戚去山西了。奶奶不肯让他去山西，也不肯让他去附近的矿上，她想，慢慢在家等，总会有机会。叔叔特别不耐烦，在家就是一个横眉怒目的形象。奶奶到处托人给叔叔介绍对象，觉得有个女人管着，也能让他定定心，这让叔叔更烦恼。他喜欢小展姑姑，齐工他们离开傅村后，只有他还经常去找小展姑姑聊天，帮她做家务活，陪她去山上割草。可是奶奶冷淡地跟他说，你跟小展不行，她家不是一般的穷啊，家里孩子多得像一窝老鼠，大大小小的，她又是老大，家里还指望着她赚点彩礼改善生活呢，咱们家没那么多钱，你以后也负不起这个家累。在傅村，叔叔确实快乐不起来了，连大白都失去了对手，蔫在家里耷拉着脑袋。

在叔叔不快乐的日子里，傅村发生了许多变化。大坝子口的传玉家买了一台14寸的彩色电视机。他是一辈子让人说闲话的吝啬鬼，靠着在山西挖煤窑赚到的钱买了个新鲜奇特的玩意，在村里威武了一阵子。村里的其他几台黑白电视黯然失色，他成了最先进的，村里眼皮子浅的人开始不露声色地夸他。大队书记整天在喇叭上说我们要修路，才能致富，要求年轻劳动力出工去大会战，一起把致富的路修起来。叔叔逃得了家里的劳动，集体的他逃不了，谁家没人去，就要交雇工的钱。小展姑姑家里三五不时地就有媒婆上门，小展姑姑跟叔叔打招呼变得讪讪地，不像从前那么自然。奶奶颠着解放脚在村里四处走动的时候，听到的都是相亲中水涨船高的见面钱、换庚帖钱、彩礼钱、家具四大件，这些钻进奶奶的心里打破了她的平静。"这是什么形势啊？怎么女孩家都这么能要东西了？早知道这么值钱，生几个闺女多有福气。"

叔叔也开始去相亲。奶奶给他打点好一身的行头，崭新的小夹克外套，锃亮的皮鞋，一包精装大鸡烟，叔叔精神抖擞地出门，垂头丧气地回来。叔叔没有什么正式工作，农民在一个年轻男子的相亲市场上几乎说不出口，经不起女方的询问。爷爷替他找了一个厉害的木匠师傅，那时候结婚市场上流行四大件，木匠是一个有头面的职业。叔叔跟着师傅整天做着重复的木匠活，备料的时候跟师傅两个人一上一下，刺啦刺啦地锯木料。然后帮着师傅伸展绳墨，师傅朝他伸出手，他要适时地递上茶杯、曲尺、铅笔，师傅拿铅笔画线，他要站在对面帮着校正。一天的活结束之后，他在师傅身后，把刨子、凿子、锯子、墨斗放进大工具箱里。他的力气大大地超越了这个行业的需要，他把墨斗狠狠地摔在桌子上，溅出星星点点的黑点；他锯木料时走过线，忍受不了师傅的严厉和脾气，跟他打了一架，回到家两手一摊说："我不适合当木匠。"

有一段时间，我爸爸的单位扬水站经常发生偷盗事件，附近的农民经常半夜进去拿东西，机器、农具、化肥，甚至连伙房的粮油都被带走。单位延请了一位梁山泊武功世家的师傅来教授员工散打的功夫。叔叔身体好，又喜欢打打杀杀，爸爸让叔叔跟着去学散打，既能学到看家护院的本事，还可以强身健体，也有可能留在那里。那又是他一段快乐的时光。吃住在那里，学了三个多月，身体强健了不少，也学会了一些基本招数，整个人精神了很多。但是镇聘企业后来陆续缩编，不允许招工，叔叔又被退回家里待业。

1987年，村村通公路修好了，镇上在现场开了一次隆重的庆功大会。叔叔是修桥筑路人中的一分子，大会战持续了半年多的时间，村南的大沟架上了一座崭新的大桥，截断的路终于变成通途。桥头上是一个纪念碑，刻着"致富桥"三个红色大字。大队书记自豪地说："我们这一辈子就是自己说什么功劳没有，这个桥也不答应，可以对子孙后代有个交代了。"路通了之后到城里去方便多了，新的问题接踵而来，缺钱花的苦恼，挣不到钱的耻辱，没有几个年轻人还保持着生活的热情，他们忙碌着寻找出人头地的机会，去证明自己有用有前途。叔叔的离开是必然的，但也一定是极其痛苦的，他眼看着伙伴们四散而去，没有等到自己的机会，却等到了小展姑姑的婚礼，一度让他尴尬而心酸。他在走投无路中走他哥哥的老路，到东北寻找机会。之后叔叔除了给我爸爸写信、通电话，到后来微信视频聊天，他和自己在傅村营造的江湖世界几乎没有什么联系了。

三

叔叔在村庄里的童稚岁月充满了民间野性的乐趣,成年的时间线一步步逼近他,挥舞着野蛮和残酷的大棒驱赶着他,他带着生存的困窘和无所适从舍弃了生养之地,黯然离场。以后还有很多人沿着他这条路离开傅村,包括像我这一代通过读书考试离开的人。他在另一片土地上延续着蛮横的性格、暴躁的脾气,亲朋好友间传播着他的消息和流言,他打打杀杀的故事在我所不知道的空间里继续上演,让家里人继续揪心和担忧。他在新天地里继续着他的哥们义气,结交好友,到处寻找生存的可能。朋友帮他盖房子,帮他介绍女朋友,正是靠着亲戚朋友,他在一穷二白的他乡结婚生子。从哈尔滨转移到辽宁后,他跟了一个跟他性格投合的工厂厂长,帮他负责员工管理。站稳脚后,他带了他在各地结交的平民朋友过去,那里几乎成了他的第二个傅村。叔叔言语间都是一副大哥的派头,口里经常出现"我削他""他如果敢,我就揍他"这样的话,我听了总觉得刺耳又尴尬。我爸爸经常提醒他,马上五十岁的人了，应该稳重点，总有打不动的一天。

　　他还关心一起混傅村江湖的朋友们的近况，在电话的闲聊中，积累着同伴们一知半解的人生概况。小武好多年都没有找到媳妇，最后姐姐给他换了一个媳妇。父母死后，他成了一家之主，每年开春就跟着建筑安装公司出门，秋收或者年末回家一次，养活老婆和孩子，生活不好不坏可以自给自足。齐工自父母去世后就没再回来过，他的兄弟姐妹都在县城，即便只有二十分钟的路程，这里已经没有他的念想。他没有学历，公家单位反而限制了他，一开始拿着几百块钱的工资，后来陆续涨到两千多块，随着时代漂浮，在县城里勤俭持家。村里人在城里见到他，他抱怨还不如在农村，起码买菜吃饭不要钱。梁双算是进步最大的。他出身于一个赤贫家庭，几乎无望娶亲生子，但他是幸运的，三十岁的时候讨了一个四川女人做老婆。四川女人勤快能干又精明，来到我们村里，落地生根，生了一个聪明的男孩，孩子特别争气，一路考上了名牌大学。新民靠着亲戚在政府开车，混了几年后，在政府裁减临时工的时候，他看准时机开了镇上最早的一家复印店，生意兴隆。孙明在部队受到提拔回来，团级干部提前退休，拿了一笔转业费，在镇上跟人合伙开了一家大型超市。梁成运气不好，在安装队上做架子工，刷外墙的时候掉了下来，瘫在床上三四年了。小展姑姑结婚后日子不错，在城郊的六里屯开了家饭店，以前一尺八的腰现在已经成水桶了，成了八面玲珑的老板娘。

叔叔回家探亲时表现得非常稳重，跟那些当年自己嬉笑过的老人们嘘寒问暖，他们都喊他的学名——志辉。他碰到了梁双、新民、小武，和他们一起去给长辈们拜年，他们聊聊彼此的收入、老婆孩子的情况，他们谈谈在外边工作的见闻，也谈谈身上新添的毛病，腰椎间盘突出、咽喉炎、胃溃疡，彼此推荐着亲身验证过的民间偏方。他们彼此加了微信，建了好友群，就像重新返回少年时代，用红包和表情包表达着亲近，掩饰着孤单。过年后他们一起喝了一场大酒，叔叔喝多了回家躺在床上絮絮叨叨。他嘟嘟囔囔地重复那句话："我们那一拨人都混得一般，老人们骂得没错，都没什么出息。"他恼了，嘤嘤地哭出声。

在叔叔写来的信里，我看到叔叔和婶婶的结婚照片，看到他儿子的满月照片。在电话里听到他离开哈尔滨到了辽宁盘锦，知道他在那里买了自己的房子，后来老家建开发区，他又拿到一套小房子，从他的笑声里能够感觉到他特别满意自己的生活。在微信上看到他晒出的家庭聚餐，吃火锅喝啤酒，看到他晒出自己和朋友们吃烧烤和海鲜。在家族微信群里能听到他喝醉了之后，半是怨怒半是玩笑地骂我们年轻一辈的孩子，不给他打电话。高兴了他就发红包，我们这些子侄辈们抢完了，队形整齐地感谢叔叔，让人能想到屏幕后面他笑呵呵的醉汉脸。

叔叔对我们家的下一代特别慷慨，谁有困难，他都尽力帮忙。我读高中的时候，有一次要交五百块钱报一个竞赛辅导，爸爸不在家，妈妈凑不齐这些钱，我写信给叔叔，一周后就接到叔叔的钱和信。他说在我遇到苦难的时候第一个想到叔叔，他心里很高兴。以后在我生活的每一个节点，叔叔都会关心我：读大学的时候他帮我付过学费；博士毕业的时候接到他的电话，他主动给我五千块钱让我周转过渡用；买房子的时候他给我打了三万块，说多少是他的心意。叔叔是我们傅村世界里走出来的行侠仗义者，随时施展他对别人的爱与义。

叔叔更宠爱自己的孩子。他跟婶婶两个人的工资都花在儿子身上，弟弟读了本地一所非常一般的大学，但是花销一点都不客气，婶婶一个人的工资都不够他开支。但叔叔乐此不疲，谈起自己给儿子花的钱一脸自豪，他欣赏儿子会花钱买名牌衣服，到健身房健身，跟朋友们出入各种所谓的社交场所，希望花钱让他见世面，他还攒钱准备给他付首付、买车。说起儿子一个月消费几千块钱，半是佯装愤怒，半是炫耀，一点都不心疼自己的工资。他说只有会花钱，才会去挣钱，会花钱才能结交朋友，他看不上抠抠索索的孩子，在他的想象中，世界永远是江湖的模样。

在关于世界的想象上，我跟叔叔出现了巨大的分歧，我不喜欢叔叔的教育方式，也不认同弟弟的行为。叔叔寄希望于我能给弟弟找一份工作，可惜以我在社会上的资源和能力，几乎没有可能，这一点多少让他感到失望。而由于观念不同和年龄差，我和弟弟也谈不拢。我期望家族里的弟弟妹妹们都靠自己的努力读书就业，即使考不上大学也要勤俭、踏实，靠力气养活自己。我不客气地指出了叔叔的教育误区，普通人家却按照养富二代的方式养育孩子，在这些问题上我表现出了自己的傲慢与坚持，让叔叔的尊严受到了挑战，他感觉到巨大的羞辱，但又不占理。

去年春节，叔叔因为我没有给他微信拜年而生气。我觉得他小题大做，为了避免他道德绑架和过年生气，我敷衍地在家人群里给他拜了年。他在吃年夜饭的时间不断给我发微信，不谈分歧，也不谈我对弟弟的不认同，他说我好伤心啊，我的侄女过年连个拜年微信都不给我发，我做人失败呀，发个微信、打个电话也没那么难呀，那是做叔叔的失败。从浑浊的嗓音和连续的重复，听得出来他特别难过，亲人之间的疏远是他喝醉了酒以后经常的发泄点。他的急公好义没有换来坚如磐石的友情，好像也失去了部分亲情。他在从爷爷那一辈继承来的失败与辛酸中，挣扎着走出一条自己的路，他认为这条道全世界通行，可以保证后代能够走得更平稳一点，但后代们不按照他的想法走，更不理解他。

叔叔的狗大白聪明伶俐，在叔叔风光无限的青春岁月里，它充当了无数次先锋，和叔叔的对手们家的狗延续着主人间的战争。在1988年打狗运动的枪声和棍棒中它变得小心谨慎起来，收敛了以前的锐气。大街上，自行车后车座上载着一条条死狗忧戚而过，打狗队开着摩托车走街串巷，偶遇的狗，被围追堵截，被绑在树上打得脑袋开花，让人看了常常忍不住呕吐。为保全它的性命，爷爷把大白藏在厢房里，怕它听到人来不合时宜地吠叫，又把它转移到山边的地窖里。它躲过了一场又一场突袭式的打狗运动，却没有顶住全部捕杀的命令，爷爷不忍心让它被打狗队捕杀，也不可能亲手打死它，只好把它卖掉。大白留给家人永远的痛楚记忆是临走的时刻它流出大颗大颗的眼泪。

这样的场景如果被叔叔看到，情何以堪？叔叔离开傅村以后，忙于生计大概也忘记了他的亲密伙伴，或者不忍心再提及这桩生老病死的伤心事。探亲的时候他遍寻亲朋好友叙旧，但是从来没有听他提到那只狗。我想起叔叔，就会想起大白，它和叔叔们的年轻时代紧紧连接在一起，英勇好斗和年轻一样有神采，不知道神秘是害怕和恐惧，凭着力气乱冲乱撞。大白临走时对家人流下的伤心泪，又让人内心凄怆，就像叔叔在微信里对我的抱怨。大白被我们遗弃了，叔叔的生活和世界无意中也被我遗弃了。

在家族生活中耳濡目染，特别希望亲人之间可以保持适当的距离，不然就会把生活弄得一团糟，像大伯、爸爸，每个人都为了兄弟和亲戚们各种操心，亲人之间彼此牺牲、抱团，伴随附加的抱怨、猜忌和反目、和解。我已经任由自己变成一个现代人，一个保持距离的人。我可以跟邻居热情地闲聊，说着显得颇有交情的话，但是距离稍微拉近，仍然觉得是互相冒犯。在住了七八年的地方，邻居阿姨突然出现在客厅，我嘴上客气，心里却期望她早点离开解除尴尬。我可以跟朋友们逛街吃饭，喝酒聊天，但不会问别人的私生活，不是个人私德的好坏，而是觉得那里有一条清楚的人与人之间的界限。同样地，距离让我无法理解叔叔对自己孩子倾泻的不辨是非的爱，也无法理解他赤手空拳闯世界的艰辛和不希望这种艰辛再次压在儿子身上的苦心。

想起叔叔在微信中喋喋不休的质问，简单粗糙，没有逻辑，好像一道时间的伤口悬在空中，以它的不讲道理注视着越来越发达和精致的理性时代。可能只有在这种搅成一锅粥似的彼此缠绕和纠结中，在互相抱怨、伤害、攻击中，才能建立起可以互相捕捉到的距离，那里有一个属于他的集体，他能体会到彼此和安全。叔叔是火象星座的人，按照本能热烈地活着，无法熟练地处理世界的实利主义部分，爱或者恨都显赫地付诸行动，他可能终生都不能走向"文明"时代。

无数的人在讲故事，尤其是在那些具有重要意义的年份，建国七十周年和改革开放四十周年，这世界发生了多少让人牵心挂怀的故事啊。而叔叔的人生履历上没什么亮点，说起来都是琐屑旧事，绕来绕去也成不了一个故事。小人物并不代表生活的全部正义，就像他从来没觉得自己是小人物一样，但他的梦想和欲望也没有高昂过，一直贴着地平线，从未到达过理想的"天边"，而是在一个平民可及的范围内，沉在生活的泥潭里。他改不掉暴躁的脾气，但拳头不再可以让他一较高低。他在朋友、家庭中随意播撒他的爱，并要求同样热烈的回报，溺爱儿子是反求溺爱，帮助别人而希求感激和回报。时间给予过我们很多不情愿接受的馈赠，混进了不按比例勾兑的爱怨、梦想、失意和顽强的野蛮生长，在家庭与社会环线中，生命之谜越来越浑浊不清。所有发生过的事物，总是先于我们的判断，我们无从追赶，难以辨认。不知道此时此刻，是什么纵横在他茫茫的肉体与精神之路上。

人间粮食

> 仿佛以粮食的名义,它理解了我们,安慰了我们。
>
> —— 海子

在傅村,记得1958年自然灾害的,现在还有三个人。

其中两个我家邻居傅祥林和他老婆钟爱莲。傅祥林今年八十五岁了,1958年他正当壮年,高小毕业回家当了几年大队会计。他也是傅村在新社会第一个离婚的人。那时候离婚这个词一点都不新鲜,傅村广播只要打开就先唱一段《李二嫂改嫁》,老顽固们听了就摇头,成什么体统。傅祥林离婚跟这个没关系,他和老婆之所以离婚是吃不了一锅饭。他爱静,爱看书写毛笔字,说话慢条斯理,连走路都慢。娶的老婆却是个炮仗脾气,一点就着,干活嘎巴琉璃脆,但一字不识,两个人动不动就吵起来。最后打起来，两个人打个平手。村里调解，亲人劝解，还是不行，最后离婚，老婆带着孩子嫁给了邻村的一个工人家庭，没几年全家去了东北林区。傅祥林娶了一个年轻他十岁的姑娘钟爱莲。钟爱莲识文解字，爱看小说，大集体的时候在食堂做饭，她说自己一边烧火，一边看小说，看的是《小二黑结婚》和《红日》。茶嘴配茶壶，一物降一物，两个人从不吵架。

　　还有一个辈分最高的老太太，村里人都叫她老奶奶。她是一个"神妈妈"，是我们村唯一能跟神界对话的人，无论谁有个五病三灾的，都愿意去问询她。村里没有人记得她具体的年纪，好像时间遗忘了她，她的眼睛看不清人，每每抬起右手遮住光，才可以看清眼前的人，腰背挺直，问一句，你是谁？那人说，老奶奶，我说了你也不认识。你说说看。我是李世林家的孙子。李世林我记得，备战备荒的那年，他去济南千佛山挖过山洞。那人竖起大拇指，您好记性。老奶奶说，问李世林好，没见他出来啊。那人嘿嘿一笑，我爷爷都过世多少年了。老奶奶转身就走，嘴里发出呜哩呜噜的声音。每天早上她都会准时打开门栓，扫一扫门前道，挂着拐杖沿着田间道朝西山方向走,边走边看,走走停停,好像那里有许多人跟她讲话,返程的时候手里多了几把豆角、蒜苗、香菜。他们的故事都是我奶奶讲给我听的,看见他们,就仿佛看到我奶奶,他们共同生活的时间像一阵阵炊烟飘荡在傅村的空气中。

在北方,漫长的冬天让人惆怅,无法舒展,一元复始、大地回春的节日就格外值得庆祝。我奶奶讲过一个关于元宵节的故事。汉惠帝刘盈死后,吕后篡权,吕氏宗族把持朝政,老百姓和官员都内心不满,苦熬度日。吕后死后,大臣们趁机剪除吕后的势力,拥立刘恒为汉文帝,平息诸吕的日子是正月十五日。此后每年正月十五日之夜,汉文帝都微服出宫,与民同乐以示纪念,民间万盏灯火,踩高跷、唱花戏、猜灯谜。节日是长时期压力的释放,欢乐则由此增加了一分。

小时候除了除夕最喜欢元宵节。我们那里其实不称呼元宵节,而是很简单地叫作"正月十五",也不吃元宵(现在已经开始吃了),而是吃一种做成小旗子形状的面片,跟绿豆煮在一起,叫作豆旗儿,也有人叫它面叶。吃完面叶,聚集到广场上集体燃放烟花,围绕着村中央的池塘,点燃的烟花拔地而起,在空中仙女散花,凌空漫步,

清 歌

烟花照亮拥挤的人群、萧索的枯树和低矮的房屋,但空中的景观跟城市没什么两样。

烟花散毕,众人各回各家里上灯。上灯有很多讲究,不是电视上那样挂着红灯笼,而是自己家用面做的。用面团做成动物、车或者碗的形状,放进一些植物油,插上棉线芯,用白瓷碗盛着放在水瓮里,当有人舀水它自己就转圈,小孩子都喜欢趴在瓮沿儿上看。还有一种是把白萝卜削成圆柱体,从一端挖个洞放进油和棉线芯。偶尔也有买红蜡烛的,点在猪圈、鸡窝边上,茅房里,粮囤里。等油熬得差不多的时候,全家都要做一件最重要的事情,用面灯照耳朵,可保一年身体健康,尤其没有耳疾,被灯烤的耳朵既暖又痒。特别有经验的老人则开始观察今年的灯花,预测今年的收成。观察风向,他们盼望的是风向平稳,一旦风大未免就揪心起来。奶奶每次都很虔诚,如果东风比较大,她就会多种棉花、高粱、地瓜,北风大就种麦子、豆子、玉蜀黍,她的愿望是满坑满谷的粮食。

奶奶除了爱她的大儿子,最爱的就是粮食。新中国成立前,奶奶姐妹四人都由父亲做主嫁给了远近不一的地主。她的第一个丈夫算是纨绔子弟,家里粮食满坑满谷,但人脾气暴躁,婆婆还特别严厉,我奶奶说虽然吃穿不愁,但没少受气。后来,政府宣传新式婚姻,鼓励奶奶和他们家划清界限,奶奶的第一次婚姻就结束了。跟爷爷结婚,奶奶说她是上了当的。爷爷家父母早逝,一个哥哥带着弟兄姐妹一大家子,家底相当一般,于是相亲那天家里人做了手脚。奶奶娘家人顺手抄了一下爷爷家的粮囤,看到囤里的谷子有新有旧,有陈谷子说明家底殷实着呢,去年的粮食还没吃完呀。奶奶高高兴兴地嫁过来,结果是一穷二白,那粮食还是从邻居家借来的。奶奶经常念叨这个"骗局"。爷爷是个勤劳的人,他除了种地,还跟村里做石匠的人外出务工,秋收后他们会沿路南下渡黄河到河南,带着弟妹们去平原上拾麦穗。他们给主家凿碾盘、做工夫,过年回来一家人就能吃饱穿暖。那时候整个村子也没有什么富贵人家,每一家都是紧紧巴巴过日子。

囤里有粮心里不慌,奶奶天天把这话挂在嘴边,说给她的四个儿子一个女儿听,后来说给过门的媳妇,再后来说给我和弟弟妹妹们听。

我们这个地方没有高耸入云的崇山峻岭,都是丘陵地带,高低的山脉连绵着,沟沟坎坎特别多,大部分土地都是平的，降水稀少，很难种庄稼，收成特别低。从古到今水一直是个难题。兴修水利的时候，曾经修筑了大型引水工程，后来可能成本太高，荒废了。爸爸从一米多高就跟着奶奶去隔壁乡镇的东井挑水，吃水都这样，种庄稼自然指望不上水了，基本是靠天吃饭。政府请打井队探测过多次，终于在地势较高的山底下找到了水源，凿了一口地下井，吃水不用出村了。但用来浇地种庄稼还是太奢侈了，跟粮食产量一比，电费水费可能更贵。靠天吃饭自然对风调雨顺的年月就特别渴望，奶奶是个迷信的人，年年月月地祭拜。她拜祖宗，也拜我们家神，拜泰山神——碧霞仙君，更多的时候她拜老天爷，在她心目中老天爷总是最大的，可以保佑这里的子民安康丰收。

我奶奶对过去的记忆基本停留在三年自然灾害时期，她前两个儿子是那个时候出生的，由于缺吃少穿，都没有活下来。村前村后的树皮都被扒光了，榆钱还没长好就被捋没了，连土地庙前的熟土都被抠掉了，饿得头昏走不动，天擦黑一家人就躺在家里睡觉。大集体要求家家户户把粮食、牲畜、土地都归公，我奶奶把所有首饰都交上去了，唯独留下了两瓮粮食，她跟我大公无私的爷爷吵架赌气,不肯交出她积攒的粮食。

　　干部为防止个人私藏粮食,家家户户都要清理和搜查,我奶奶抱着拼死的念头,要跟我爷爷一拍两散,爷爷才放弃交出粮食的念头。我奶奶按照她在大户娘家生存的经验,夜里偷偷挖空床底,把积攒的两瓮麦子、玉米、豆子用砖头砌封在炕底下,外表看起来是做了一个东北大火炕,让家里几个孩子一起睡在上面。把粮食看得比金银还贵重的奶奶,在一家十口人饿得睡不着的时候,偷偷摸摸下到五六米深的地窖里,磨一点玉米、面粉、豆沫,煮一碗白菜汤。为了防止做饭的香味跑出去带来麻烦,一家老小躲到地下去吃。加着十二分的小心,硬是没有饿死家人,度过了最艰难的日子。

　　年年的煎熬让她真正做到了节俭持家,日子是一口一口地节省的,家业是一滴汗水摔八瓣建起来的,所以奶奶就有点近乎吝啬了。我记得奶奶家的饺子和馒头都不是纯白的,而是黑乎乎的或者黄荧荧的,奶奶掺了玉米面和地瓜面,她很少做精粉面的饺子和馒头。我记得我叔叔经常抗议这种饭吃不下去,也不好看,我奶奶不为所动,除非特别劳累的春种秋收时节,才单独给我爷爷做一份精粉面的馒头和饺子。妈妈刚嫁进门的时候大概不习惯这么节俭的日子，和奶奶老是闹别扭。姥姥家因为做小生意，比奶奶家要富裕。后来分家了，奶奶还是对妈妈的不知节俭极为不满，她一定要忙闲分开做饭，不能顿顿都是面食，要适当节省主粮。奶奶的理由是万一年月不好，有钱也不能保证不挨饿，一定得把今年的粮食留到明年新粮食下来才可以卖，绝对不能把粮食吃完，粮食如果不多就掺着粗粮吃，还得让囤里年年有余。她经常翻晒陈旧的粮食，为着未来的饥荒储备着，电视上的新闻说多少次丰收，她都充耳不闻。

每年交公粮的时候就是奶奶最心疼的日子。那天奶奶一般都是在堂屋门口做针线活，戴着老花镜，一会看一眼那些来要公粮的大队干部，一会嘴里嘟囔两句："可怜啊，我种地都给他们了。"爷爷瞪她一眼说："你觉悟低，不是给他们，是给国家。"奶奶回瞪他一眼说："你觉悟高，三天不吃饭试试看。"她继续做活，嘴巴里长吁短叹。我还不明白那些人来要公粮的原因，看到奶奶没有精神，也觉得他们似乎在抢我奶奶的劳动果实。

公粮运走，爷爷饭桌上照例又跟奶奶掰扯："这种事又不是一家的事，种地都要交公粮，你嘟囔也没用。"

"干部们怎么不交啊？"

"你知道什么啊？你看见他们没交？"

"他们要是交了，怎么日子还过得那么好？"

"人家有人家的门道，人家识文解字，这个也算钱的。"

奶奶说不出理由了就骂爷爷是个混账老头子。

爷爷奶奶六十岁的时候还在地里劳动，他们每年都会种二亩红薯，耕地、施肥、插秧、拔草，扯起疯长的攀牢在地上的地瓜秧，把它们丢回到根部，就像女孩子把头发盘在头顶上，不久地瓜秧再次伸展开。秋天，爷爷在前面刨出粉红色皮的地瓜，排成一队，奶奶在背后用地瓜刨子刨成地瓜片，耀眼的白色地瓜片铺满一整块地。十天之后他们拉着地排车，一片一片捡起来晒干的地瓜干收进尼龙袋，再拉回家放进粮仓里。在农村没有什么稀奇的，大多数这个岁数的人都还是庄稼地里的一把好手，不论贫富似乎都离不开农活。那年似乎是我们家最不幸的一年，小叔叔的婚事突然告吹，奶奶本来打算小叔叔一结婚她和爷爷就安享晚年呢，如此一来又没有指望了。秋老虎天气格外炎热，奶奶已经搬到小叔叔的新房子里，第一次可以指望秋季收庄稼不用费力气上沟爬堰地运到老家了，地里庄稼也长势喜人，奶奶精神饱满地准备迎接丰收。

那时候我已经读五年级，学校里背诵的诗是《九月九日忆山东兄弟》，我知道了古代山东跟我们的省份没有关系，念到"遥知兄弟登高处，遍插茱萸少一人"，依然能够心有戚戚。放学回家看到妈妈在抹眼泪，她看到我就擦掉眼泪转身去做饭，爸爸则一连几天很晚回家，似乎有什么事情，家里一切变得蹊跷起来。奶奶跟我说她心里也乱糟糟的，又不知道出什么事了。有一天爸爸深夜回来了，和妈妈说已经买好了车票，让爷爷奶奶去东北。他只给爷爷说了真相，瞒着奶奶一个人，我的大伯因病去世了。奶奶和爷爷走上了遥远的土地，奶奶必然要接受现实，白发人送黑发人，至于痛哭和心碎我都没有再看到。爷爷奶奶在广袤的关东大地上，一定能见到吃不完的粮食，而不是我们家轻易能见底的粮食，但比粮食更重要的孩子却没有了。十年后，伯伯家的孩子长大成人，爷爷奶奶在给爸爸的信里表达了叶落归根的想法。

再见奶奶已经是我读大学的时候了。世界上相亲相爱的人都不应该分离，距离让人变得生疏和隔膜。我记得自己在快要见到奶奶之前的心神不定，虽然经常会收到奶奶寄回家的照片，但我还是担心奶奶不再是原来的样子。奶奶明显老了，她一直是一个高大的形象，跟她的儿子们差不多高，挺拔而健壮。再次见到的奶奶背已经明显佝偻了，说话也不像之前那么有力量。她说话的声音降了分贝，每一句话开始声调是正常的，后半句就被浑浊的嗓音吞下去，变成一阵阵咕哝和笑声。她缓慢地转身，激动地叫我的名字，我们都用笑掩饰距离，那种分裂感情和亲密的距离。小时候经常在奶奶的鬼故事中沉沉睡去，跟奶奶有说不完的话，读书以后习惯性地周末到奶奶家住，她送我上学的时候，总是跟我约定下周末想吃的饭菜，依依不舍地让我不要忘记回来。奶奶好像是因为体力不支而失去了对孩子的热情。反而爷爷变得话多而且细致，可能跟他的时间分配有关，他把对庄稼的热情全部转移到奶奶和亲人身上，从早上起床到晚上躺在床上，都能听到爷爷跟奶奶絮絮叨叨地聊天，几乎都是爷爷的声音。

　　爷爷奶奶活成了一种自由的形象，跟贫穷、饥饿、劳动、操心子女断开了关系。奶奶坐在老太太们中间悠闲地唠嗑，数算自己家的几房媳妇、孙子孙女。爷爷到饭点会走到大门口,在东张西望里喊一声:"回家吃饭啦!"他已经成了一个难得的老伴,性情比年轻的时候温和而宽厚。想到爷爷温和的样子似乎只能解释为一种反常,像很多村里暴躁的男人一样,在生命的末尾居然难得地安详,让你无法和从前画上等号。也许在他们遥远的童年甚至是少年时代也有过天真烂漫,灿然微笑,庄稼地里的风雨和重复的生活磨去了所有的细腻温和,反复无常的脾气里蕴藏着难言的苦楚和自己都把握不住的戾气。这样的东西是奶奶比对于粮食的渴望更想得到的,她没有像我一样惊异于这么巨大的变化,细节里的东西我没有见证,而奶奶是那些细节的享有者。她很少提起年轻时顾虑的粮食,她把家交给了妈妈,已经不知道柴米的价格,每天都是细粮了。奶奶偶尔也说,现在日子多好啊,什么时候也不饿肚子了。

奶奶血压高,看起来有点虚胖,所以饮食需要特别注意,荤菜和甜食都要忌口。我妈妈执行得比较严厉,奶奶就觉得很冤屈,怎么这么穷命呢,一辈子粗茶淡饭,有条件享受美味佳肴了,却又吃不得了。爸爸不把医生的嘱咐当回事儿,他不接受这样严苛的饮食限制,觉得能吃点就让老人吃点,得病也不是一顿饭吃出来的,人生七十古来稀，都这么大年龄了想吃就吃点，还能再活多少年？回到老家的第一个冬天，奶奶就得了脑血栓，住了半个月医院，血管阻塞引起了半身不遂。但因为奶奶一生几乎没有生过病，治疗效果特别好，恢复得还算理想，但是跟正常人相比还是有点差距，左腿和手都有点麻木，需要每天按摩。少年夫妻老来伴，爷爷没有多么愁眉不展，他尽心尽力地伺候奶奶。奶奶不再像年轻的时候一样关心她的老头子，嘘寒问暖，而是像一个任性的孩子一样支使着爷爷，爷爷也展示着难得的耐心。

奶奶有一次问妈妈，这次治病花了多少钱？妈妈说够重新做个房子了。奶奶那天坐在门前晒太阳，阳光洒在她尚未变白的头发上，奶奶眯着眼睛，仿佛睡着了，像做错了事情的孩子，低着头，遵医生的嘱咐，定时用右手抚弄按摩左手和左腿。

"花这些钱，得卖多少粮食啊？"

"粮食哪有命重要啊。"我说。

"顶咱以前五年收的庄稼。"

奶奶嘴里发出啧啧声，似乎是自责，但是我明白在她的脑海里已经不会再有年轻时的那种因为粮食而产生的焦躁，不会再有精打细算。医生说老年人记忆减退，家里的人也感觉到她脑子有点糊涂了，她经常叫我格格，那是我姑姑的名字。但她依然会唱《拾棉花》："过门去男耕女织勤劳动，春耕夏种忙庄稼，到秋后粮食归仓柴归垛，五谷杂粮收到家。"她说这首歌是大集体的时候，妇女们一起劳动经常合唱的，歌词的内容是乡村夏日里未婚姑娘憧憬着未来生活的恬淡自然，岁月绵长。奶奶还会背诵《百家姓》《三字经》，她可以一口气背好久，这是她年轻时代记忆力特别好的证据。新中国成立后村里办识字班，只有她一个人学到了能念书读报的水平，她对此一直特别自豪。我小时候的文字启蒙就来自奶奶带我读《人民日报》，她习惯性地把所有的"了"字都读成"liao"，把"的"读成"di"，她戴上老花镜，一板一眼地带着我读。想到奶奶一辈子没有多少顺心如意的生活，糊涂了反而更好，把那些吃苦受累的经历都忘记了，而最开心自豪的事情却忘不了。

奶奶就是在这样的幸福和清闲中失去了爷爷。爷爷走得没有任何迹象，他中午吃了一点鸡肉，下午说胃里不舒服，爸爸就送他去了医院，检查、输液，一切看起来都是平平常常的，医生说只是消化不良没有大碍。那一夜爷爷睡着就没有醒来，爸爸在医院里独自待到天明。

天气虽然还没有到秋意十足的节气，但也已经是凉风习习，爸爸在县城微明的大街上走着，他要把噩耗告诉爷爷所有的儿子，爸爸说他没流一滴泪，就像怀揣着一个不得不告诉人的秘密。一个老农民静悄悄地过去了，没有任何轰轰烈烈的言行，也没有什么可以留给子孙的，在陌生的病床上，他大概慌乱了一阵，但没有力气睁开眼看看明天的太阳。

奶奶是个胆小的人，不够坚强，身上的疾病也让她没有信心，她以为自己会走在爷爷前头，这样的结果是颠倒了。她怎么都不明白，一个人怎么说走就走了呢？她仓促的时间观念里没有为爷爷准备好这样的结局，只是在想着自己的结束。奶奶的命运里似乎没有什么东西靠得住过，最初的媒人弄假成真，生活艰难和贫困，拉扯着一大家子，后来大儿子不幸去世，没想到爷爷在最后的关头又让她失望了。她每一次都是失望到不能自已，而后又无声无息地开始凡庸的生活。她一辈子不懂什么大道理，总是在羡慕着和想象着美好的生活，没有道理可以和世道天意理论，所以她只能勤快节俭，听天由命。奶奶被很多人安慰，流着伤心的泪水，奶奶告诉他们说："我想开了，老头子早走了是他没有福气，我还得等着过好日子呢。"清冷的天空里，浑浊的眼神穿透不了天机，太阳奇怪地高挂着。她开始吃饭，早上起床的时候叫妈妈去帮她穿衣服，或者有时候醒来晚了自己不好意思就一个人别扭着穿上，扣子交错着，衣襟一边高一边低。

早上她拿着拐杖沿着新修的公路走到田野里去，走到西山水库边上。这条路是通往她娘家的路，沿途修建了供劳动休息用的凉亭和石头凳子，早上起来锻炼的老人都是身体生病的，但凡健康的人都不会停下来休息。起伏的山丘整体变成青绿色，浓烈的绿色灌木丛遮盖住了山间梯田的堤堰，紫色的野豌豆花、黄色的苘麻花层层叠叠，开出白色星点花朵的牛筋草蛮横地铺满了大地。路两边的谷穗开始变得萎靡而沉重，它们已经等待着收获了。奶奶远远地跟路上的行人打招呼，跟同是生病的人闲谈两句，她眼睛里看不到这些生长中的花草和庄稼，她就是踢踢踏踏地往前走，走累了坐一会儿，再走，再坐，走过去的路有多长，回去的路就有多长。转身看到村子里炊烟升起，她就开始往回走，有时候她也会把远处山上爆破的浓烟错认成炊烟，急匆匆赶到家里，一摸还是冷锅冷灶。

奶奶不知道粮食已经不能给庄稼人幸福的许诺了，但她知道自己的儿子、孙子、孙女都到外地去了，他们逢年过节才会回来。她有时候会叹气，日子一天一天都没变化，白馒头顿顿吃，口里却没有香味。她有时候顿生欣喜，但那种欣喜是过时的。地里的玉米棒结实而饱满，谷子穗沉甸甸地低下头，小麦散发出清香味。她触景生情乐呵呵地唱起《拾棉花》《朝阳沟》《白毛女》里的片段，声音含混不清，每一句的最后两个字都被直接吞咽下去。奶奶蹒跚在这条几乎走了一辈子的路上，早年为了粮食和生计，现在为了活动筋骨。人间粮食曾是她满目风光里最有意义的珍品，现在变成一个无多大意义的东西，她终于解放了。

后　记

  2004年冬天，零零散散写了一些故乡事，都是记忆中的人和事，有五六万字，本意是写成一本小书的体量，没有成型也写不下去，便放在草稿中留存着。起意重写，是十年之后的事情，彼时发现已经很难再使用纯粹散文的笔法去重写。而这些散文，好像转变成一些药引子，靠着其中的一些人和意象，我出版了第一部小说集《集散地》。2018年，我开始写第二部小说集，如果小说有本事的话，这几万字也是这本书的基础。在写作的过程中，总是不由自主地滑向虚构与纪实的临界状态，介乎散文与小说之间，我决定不考虑小说与散文的界限，延续了部分散文的外貌，充实进去背景、人物、细节和场景，想通过这种写法，固定下那些几近消逝的人与事。

到2020年，我在城市生活的年数已经超过了在农村生活的时长，对于乡村和乡土，我还能写什么？记忆越来越空疏，但生活本身一定是扎实的。我只能使用虚构的工具，去填补记忆空白，我想用一种绵密的语法去表现那里的生活——物质、人情和农耕社会的日常。而实际上，我固然了解一些乡土的现实，但毕竟已经隔膜了，我写的只能是那里的风度和精神。我想每一个有乡土生活经历的人都难以忘记，也难以祛除那个空间给予自己的痕迹。我想把这个痕迹写出来，看似沉默之处的暗流，人们潜在的精神空间。

我的大家族里面，每一代都是女性比男性更有性格和出息，这是家里人经常拿来讲谈的闲话。比如我的四位姑奶奶，她们无一例外地高寿、健谈，为人处世胜过家里的男人们。其中，二姑奶奶最为突出。她每年秋冬或者夏天都会来我们家住一段时间，她跟我的一位堂爷爷，也就是她的堂哥，见面经常有说不完的话，白天说不完，再彻夜长谈。家里人羡慕他们太有话聊了，她在这个世界上最美好的记忆，就是这种聊天的对象和激情吧。我听过他们闲聊的内容，谈古说今，从民国聊到新中国，战争，生死离别。说完那些死去的人，再说各自的家长里短，真真切切的琐事儿，每一个认识的人都被他们仔细地咀嚼着、讲述着，有了一种精神的意味。在政治、经济、文化的乡村之外，我更想书写的是他们的精神世界，让人活着的那种无形物，一个更难被捕捉的对象。

由此，我写了这个空间中身份比较特殊的人，比如乡村医生、老人、牺牲的老兵、电影放映员、乡村教师。那些离开者，无一例外，我想写的是他们坚韧的生命，比如《壮游》中的老太太，她的守候和活着中葆有一种壮志，会感染和治愈沮丧的生命；《清歌》是乡村社会内部的爱与怨，是细微的情感角力，也是那个让人迷恋的人情社会；《三友记》中的三位乡村医生，在他们短暂的一生中，有过很多秘密与暗夜，写他们如何靠着内心的东西泅渡这些暗夜。小说集中有抑制不住的抒情和评价，重复最多的是"傅村人"，他们是一个未名的群体，有时候是批评它的，它见风使舵，现实势力；有时候它又温情脉脉，牵涉着说不清楚的情绪。它是一个行将消失的空间，我期望他们在其他地方还有重新聚集的可能。

  风吹过来你的消息,是我心里的歌。清歌散新声,绿酒开芳颜。清歌就是它表面的意义,不是浓烈的歌声,不是引吭高歌,只是轻轻哼唱一下,愿你能听到这首歌。

2020 年 11 月 18 日